Strange case of Dr. Jekyll and Mr. Hyde
지킬 박사와 하이드

Strange case of Dr. Jekyll and Mr. Hyde

지킬 박사와 하이드

로버트 루이스 스티븐슨 지음 | 정윤희 옮김 | 규하 그림

인디고
lovecolor indigo

캐서린 더 매터스에게

신께서 맺어 준 우리 인연이
이렇게 멀어지다니 슬픈 일이 아닐 수 없소.
하지만 우리는 여전히
보라색 꽃, 헤더와 거센 바람의 아이들이오.
고향에서 멀리 떨어져 있어도
잉글랜드 북부에서 바람을 타고 춤을 추는 노란 금작화는
바로 당신과 나를 위한 것이라오.

내가 어떻게든
자네를 곤경에서
빠져나오도록 해 주겠네.

콕 집어 설명할 수는 없지만,
그 사람을 보면
정말 온몸이 서늘하고 오싹해집니다.

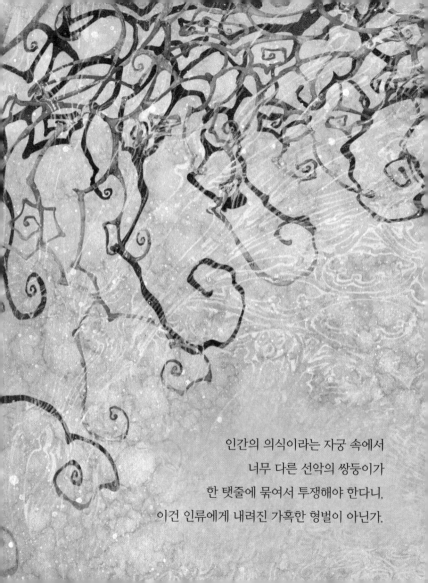

인간의 의식이라는 자궁 속에서
너무 다른 선악의 쌍둥이가
한 탯줄에 묶여서 투쟁해야 한다니,
이건 인류에게 내려진 가혹한 형벌이 아닌가.

순수하지 않은 영혼이
자유를 얻은 것이었네.
새로운 삶을 얻고
첫 숨을 들이쉴 때부터
나는 예전보다 열 배는 더 사악한
악의 노예가 되었음을 깨달았어.

CONTENTS

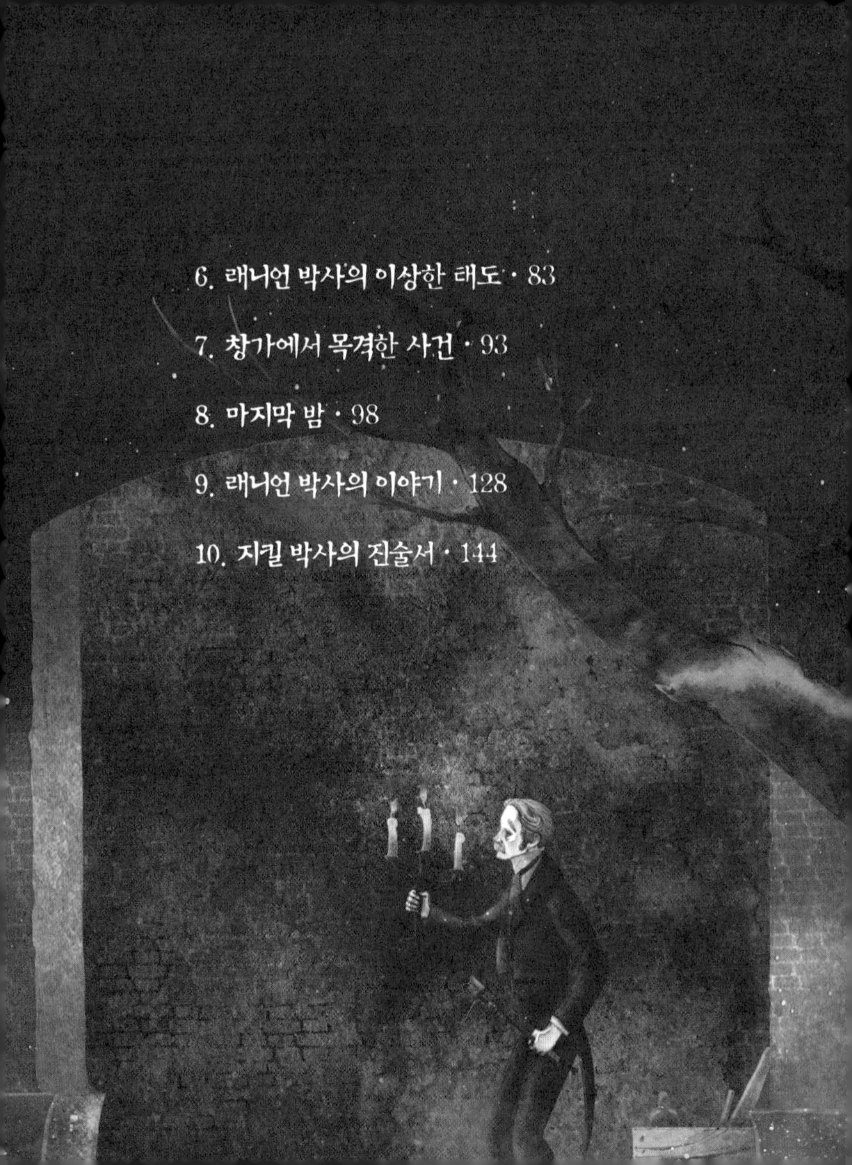

01
문 이야기

    강인한 외모를 지닌 변호사 어터슨은 한번도 활짝 웃는 일이 없는 무뚝뚝한 사내였다. 대화를 나눌 때도 차갑고 말수가 적으며 감정을 드러내지 않고 어색한 태도를 보였다. 마른 체구에 성격은 따분하고, 음울할 때도 있었지만 어딘지 모르게 끌리는 구석이 있는 사람이었다. 때로 가까운 사람들과 만나는 자리에서 자기 입맛에 맞는 와인을 발견하면 너무나 인간적이고 따뜻한 눈빛을 띠고는 했다. 말하는 중에는 그런 모습을 전혀 찾을 수 없었지만 저녁 식사를 마치고 난 후 고요한 표정이나 태도에서 확연하게 볼 수 있었다. 게다가 어터슨은 근검절

약이 몸에 밴 사람이었다. 빈티지 와인을 맛보고 싶더라도 혼자 있을 때는 진을 마셨고, 극장에 가는 것을 좋아하지만 이십 년간 한번도 극장 문을 열고 들어간 적이 없었다. 하지만 타인에게만큼은 매우 관대하기로 소문이 나 있었다. 다른 사람이 정신적으로 고양되어 저지른 실수담을 호기심 어린 눈으로 은근히 부러워하면서 귀담아듣기도 했다. 또한 궁지에 몰린 사람을 보면 힐난하기보다 오히려 도와주려 했다. 입버릇처럼 이런 말도 자주 했다. "나는 카인의 이단적인 태도가 마음에 들어. 내 동생이 악마를 찾아가겠다면 말리지 않을 거야." 이러한 성격 탓에 타락의 기로에 선 자들의 세계에서는 마지막으로 믿어 보거나 자신들을 바람직하게 바꿔 줄 사람으로 통할 정도였다. 또한 어터슨은 아무리 극악한 짓을 저지른 사람이 찾아오더라도 낯빛 하나 변하지 않고 공손하게 대했다.

워낙 자신의 감정을 잘 드러내지 않는 성격이라 그에게 그 정도는 식은 죽 먹기였다. 지금까지 쌓아 온 친분 관계도 타고난 너그러운 심성과 온화한 태도를 기반으로 했다. 우연히 알게 된 사람과도 항상 열린 마음으로 친분을 쌓는 것이 바로 겸손한 사람이라는 증표이자 변호사가 반드시 갖춰야 할 태도이기도 했다. 그와 가깝게 지내는 사람들은 친척이거나 아주 오래 전부터 알고 지낸 사이였다. 그에게 호감은 담쟁이넝쿨처럼 시간이 갈수록 쑥쑥 자라나는 것이었지만 그렇다고 해서 주변 사람들에게 특별한 목적이 있는 것은 아니었다. 마을의 유명 인사이자 먼 친척뻘인 리처드 엔필드와 가까이 지내게 된 것도 바로 어터슨의 타고난 성품 덕분이었다. 다른 사람들이 보기에는 두 사람이 서로를 진심으로 이해하지 않는 것 같았고 공통된 이야기 주제도 없는 것 같았다. 어터슨과 엔필드가 일요일에 산책을 하는 모습을 지켜본 사람들의 말에 따르면 둘 다 굉장히 따분한 표정을 짓고 있었다는 것이다. 혹여 아는 사람이라도 만나는 날에는 무척 다행이다 싶은 표정으로 인사를 건넸다고 했다. 하지만 두 사람은 일요일의 짧은 산책을 매우 중요한 일과로 생각했다. 엄청나게 즐거운 일이 있거나 업무상 공식적인 일이 생겨도 일요일 산책만큼은 절대 거르지 않았다.

그렇게 일요일 산책을 즐기던 어느 날, 두 사람은 부산한 런던 시내 거리 뒤쪽 골목으로 들어섰다. 작고 조용했지만 주중에는 장이 들어서 사람들로 북적이는 곳이었다. 부근에 사는 사람들은 모두 그럭저럭 살 만한 것 같았다. 그럼에도 더욱 잘

살겠다는 의지로 장에서 번 돈의 일부를 투자해 가게 외관을 깔끔하게 단장했다. 또한 뒷골목에 늘어선 가게 입구마다 점원들이 손님을 끌어들이기 위해 방긋 웃으며 서 있어 밝은 기운이 거리에 넘쳤다. 심지어 가게 문이 닫히고 손님들의 발길이 뜸한 일요일에도 어두운 이웃 골목과 다르게 산뜻한 분위기를 뿜어냈다. 새로 페인트를 칠한 덧문, 반들반들 윤이 나는 놋쇠 장식, 사방으로 말끔히 단장한 거리에서 뜨겁게 타오르는 불길처럼 생기가 느껴졌다. 지나가는 행인들을 즐겁게 하며 그들의 눈길도 사로잡았다.

이 골목길 모퉁이에서 동쪽으로 두 집을 지나면, 마을 내부로 이어지는 입구가 나왔다. 바로 그 자리에 거리 쪽으로 지붕이 불쑥 튀어나온 음울한 2층 건물 한 채가 서 있었다. 건물에 창문은 하나도 없이 1층 출입구만 하나 있고 사방으로 막힌 2층 벽면은 온통 색이 바래 있었다. 오랫동안 관리를 하지 않고 방치를 한 탓에 흉물스럽기 짝이 없어 보였다. 초인종도, 문고리도 없는 현관에는 온통 울룩불룩한 기포가 생겼고 윗부분은 변색이 되어 있었다. 거리를 떠돌던 부랑자들은 그 집의 뒤쪽으로 가서 판자에 성냥을 그었고 아이들은 계단에서 가게 놀이를

했다. 장난기 넘치는 남자 아이들은 벽 위 쇠시리에 칼질을 했다. 그렇게 삼십 년 가까운 세월이 흘렀지만 반갑지 않은 손님들을 쫓아내거나 집에 생긴 흠집을 수리하겠다고 나타난 사람은 한 명도 없었다.

엔필드와 어터슨 변호사는 그 건물의 건너편 도로를 유유히 걸었다. 그리고 마을 초입의 맞은편에 도착했을 때, 엔필드가 지팡이로 저만치를 가리키며 이렇게 말했다.

"저 집 현관이 보이나?" 어터슨이 그렇다고 대답하자 엔필드가 다시 말을 이었다. "나는 저 문을 볼 때마다 아주 기이한 이야기가 떠오르곤 한다네."

"그래?" 어터슨이 살짝 목소리 톤을 높이며 대답했다. "무슨 얘기인데 그러나?"

"사실은 이렇게 된걸세." 엔필드가 이야기를 시작했다. "세상 끝처럼 먼 곳에 갔다가 집에 돌아오는 길이었지. 겨울 새벽 세 시쯤이라 주변이 칠흑같이 어두웠어. 마을로 걸어오는 길에 말 그대로 행진이라도 하듯이 늘어선 가로등 말고는 아무것도 보이지 않을 정도였네. 거리마다 줄지어 선 집들은 모두 잠들고 교회 안도 텅 비어 있었지. 나는 귀를 쫑긋 세우고 주변 소리에 귀를 기울였어. 야경을 도는 경관이라도 만나고 싶은 심정이었네. 그러다가 우연히 두 사람의 형체가 눈에 들어왔지. 몸집이 작은 사내 하나가 동쪽으로 성큼성큼 걷고 있는데 반대쪽에서 여덟 살, 아니 열 살쯤 되어 보이는 여자아이 하나가 길을 가로질러서 죽어라 달려오지 않겠는가. 결국 두 사람은 모퉁이에서 쾅하고 부딪혔네. 그리고 끔찍한 일이 터진 거야. 글쎄 그 사내 놈이 아무렇지 않게 여자아이를 짓밟았어! 그러더니 비명을 지르는 아이를 바닥에 내팽개치고 가더군. 지금 들으면 아무 일도 아닌 것 같겠지만 그걸 지켜보는 입장에선 정말 끔찍했네. 마치 인간이 아니라 괴물 저거노트 같다고 할까. 나는 굴에서 튀어나온 여우를 잡는 사냥꾼처럼 고함을 지르면서 단박에 달려가 놈의 목덜미를 잡았어. 그리고 바닥에서 비명을 지르고 있는 아이 옆으로 끌고 갔지. 벌써 사람들이 웅성거리며 모여 있더군. 놈은 너무나 태연하게 아무 저항도 하지 않고 그저 나를 쏘아볼 뿐이었지. 그 모습이 얼마나 소름 끼치는지 온몸에서 식은땀이 흐를 정도였다네. 알고 보니 거기 모인 사람들은 그 여자아이의 가족이었어. 잠시 후 긴급 호출을 받은 의사도 나타났지. 그 의사 말로는 아이가 크게 다친 건 아니고 그저 많이 놀란 것 같다고 하더군. 이 정도에서 얘기가 끝났을 거라고 생각할지도 모르겠네만, 그때부터 아주 기이한 일이 벌어졌다네. 난 처음 그 사내를 볼 때부터 왠지 모르게 마음에 들지 않았어. 그 여자아이의 가족들도 같은 마음이었지. 그런데 의사의 태도 때문에 놀란 거야. 그 의사는 그렇게 나이가 많지 않아 보이며 에든버러 억양이 강하다는 것 말고는 특징이 없는 평범한 사람이었네. 높낮이가 없는 백파이프 같은 사람이라고 할까. 그런 의사조차도 마치 죄수를 보는 것 같은 눈빛으로 그 사내를 보았어. 쳐다만 봐도 역겹고, 당장 죽여 버리고 싶은 것처럼 얼굴이 창백해지더군. 나와 그 의사란 사람은 서로의 마음을 십분 이해할 수 있었어. 그렇다고 진짜 사람을 죽일 수 없는 노릇이라 우리가 할 수 있는 최선의 방법을 택하기로 했지. 우리는 오늘 사건을 런던 전체에 소문내 그 작자의 이름에 먹칠을 하겠다고 단단히 일렀다네. 주변 사람들과의 친분은 물론이거니와 그 작자의 신용까지 전부 잃도록 만들겠다고 으름장도 놓았지. 얼굴이 벌개져 열을 내면서도 최대한 주변에 있는 여자들이 그 작자 근처에 얼씬도 하지 못하도록 막았네. 얼마나 흥분을 했는지 여자들이 괴물처럼 사납게 덤벼들었거든. 그렇게 증오로 가득한 여자의 얼굴은 처음 봤다네. 하지만 사나운 여자 무리에 둘러싸여서도 그놈은 살짝 겁먹은 것 같았지만 침착하게 오히려 비웃듯이 냉정한 태도를 유지하며 말했어. 마치 사탄처럼. '오늘 일로 한몫을 단단히 잡아야겠다는 심산이라면 저로서는 도리가 없지요. 이렇게까지 된 이상 아무 대가도 치르지 않고 도망치려 한다면 신사가 아닐 테니까요. 얼마를 원하는지 말씀하시죠.' 그래서 우리는 어디 한번 당해봐라 하는 마음에 여자아이의 가족에게 100파운드를 주라고 다그쳤네. 처음엔 완강히 버티더군. 그러더니 자기가 실수했다 싶었는지 결국엔 받아들였어. 다음으로 할 일은 놈에게 돈을 받아내는 거였어. 그런데 그놈이 우리를 어디로 데려갔는지 아나? 바로 저 문 앞이었어. 놈은 급하게 열쇠를 꺼내서 문을 열고 들어가더니 10파운드어치 금화와 쿠츠 은행의 자기앞 수표 한 장을 들고 나왔다네. 누구 이름으로 된 수표였는지는…… 도저히 말을 할 수 없군. 당시 사건의 가장 핵심 부분이기는 하지만 누구 이름인지 말할 수 없네. 이름만 대면 누구나 알 법한 사람이었어. 신문에도 자주 오르내리는 인물이니까. 100파운드는 엄청난 액수였지만 만약 그 수표에 적힌 서명이 진짜라면 충분히 지급할 능력이 있다 싶었지. 그래서 나는 본인 서명도 아닌 100파운드짜리 수표를 새벽 네 시에 가지고 나오다니 그건 가짜일 수도 있다고 대놓고 지적을 했다네. 그러자 놈이 아주 태연하게 비웃으면서 내게 이렇게 말하는 거야. '일단 진정하시죠. 그렇다면 은행이 문을 열 때까지 기다렸다가 직접 돈을 받아서 드리면 될 일이 아닙니까?' 결국 의사와 여자아이의 부친, 그리고 놈과 나까지 넷이 우리 사무실에서 아침까지 함께 기다렸다네. 그리고 날이 밝자 식사까지 하고 함께 은행으로 갔지. 나는 은행 창구 직원에게 수표를 내밀면서 이것은 아무리 봐도 위조 수표 같다고 말했네. 그런데 내 예상이 보기 좋게 빗나갔어. 그 수표는 진짜였어."

"쯧쯧." 어터슨이 혀를 찼다.

"자네도 나랑 같은 심정이군." 엔필드가 말했다. "그래, 듣기만 해도 소름끼치는 얘기야. 그날 새벽에 만난 놈은 눈도 마주치기 싫을 정도로 역겨운 놈이지만, 그 수표에 직접 서명을 한 사람은 타의 모범이 되기로 유명한 거물급 인사이거든. 더 끔찍한 것은 바로 그 사람이 평소 자네와 가까이 지내는 지인이라는 것일세. 아무래도 그놈에게 협박을 당한 게 틀림없어. 젊은 시절에 저지른 실수 때문에 발목이 잡혀 돈까지 뜯긴 거겠지. 그때부터 나는 저 집을 '협박의 집'이라 부르고 있다네. 하지만 아직까지도 그날 일이 완전히 이해가 가지 않아." 그 말을 끝내고 엔필드는 잠시 생각에 잠겼다.

그리고 어터슨의 갑작스러운 물음에 번뜩 정신을 차렸다. "그래서 수표 주인이 저 집에 살 수도 있다는 건가?"

"그럴 수도 있지만, 수표에 적힌 주소를 보니 어디 광장에 사는 것으로 되어 있더군." 엔필드가 대답했다.

"그렇다면 저 집에 대해서 제대로 알아본 적은 없는 건가?" 어터슨이 반문했다.

"아니, 난 매사에 조심하는 편이라서. 사실 탐문 조사라도 해볼까 생각은 있었네만 그랬다간 심판의 날을 겪을 것 같은 생각이 들어서 그만두었네. 질문 하나를 던지는 순간 돌멩이 하나를 굴리는 격이 될까 봐. 언덕 꼭대기에 가만히 앉아서 굴린 돌멩이 하나가 다른 돌을 건드리고 결국 자기 집 정원에 있던 사람을 쓰러트려 가족 전체가 불운에 빠지는 일이 벌어질 수도 있지 않겠나. 그러니 뭔가 심상치 않은 일이다 싶은 경우에는 되도록 깊이 파고들지 않으려고 해. 그것이 내가 나름대로 세

운 규칙이기도 하고."

"정말 현명한 원칙이로군." 어터슨이 대꾸했다.

"물론 얼마간 유심히 살펴보기는 했어." 엔필드가 말했다. "거의 집이라고 보기도 힘든 곳이었네. 문이라고는 달랑 하나에다 그놈 말고는 아무도 드나들지 않는 눈치였어. 그나마 2층에는 창문이 세 개 있는데 그것도 안뜰 쪽으로 나 있고 1층에는 하나도 없었어. 창문은 늘 닫혀 있지만 깨끗한 편이더군. 굴뚝에서 가끔 연기가 피어오르는 것으로 봐서 누가 살고 있기는 한 것 같아. 그것도 확실한 것은 아니라네. 이쪽 마을은 워낙 붙어있어서 어느 집이 어느 집인지 구분하기도 힘들 정도니까."

두 사람은 잠시 아무 말 없이 걸음을 옮겼다. 그러다 어터슨 쪽에서 먼저 입을 열었다. "엔필드, 자네가 세운 규칙은 정말 현명한걸세."

"그래, 나도 그렇게 생각하네." 엔필드가 대답했다.

"그런데 말이야. 한 가지 궁금한 게 있네. 대체 그 여자아이를 때렸다는 작자의 이름이 뭔가?"

"흠, 그 정도는 말해도 별 문제가 되지 않을 성 싶군. 그놈 이름은 바로 하이드라네."

"어떻게 생긴 작자던가?" 어터슨이 되물었다.

"딱히 뭐라고 설명하기는 힘드네만. 겉모습만 봐도 어딘지 모르게 잘못됐다는 느낌이 드는 놈일세. 뭔가 불쾌하고 혐오스러운 느낌이라고 할까. 대체 왜 그런 기분이 드는지 모르겠지만 한눈에 봐도 역겨운 작자였네. 장애가 있는 게 틀림없어. 정말 특이하게 생겼거든. 아무리 생각해 봐도 그렇게밖에 설명이 되지를 않아. 정확히 어떻게 생겼다고 말하기가 어렵군. 기억이 흐릿해져서 그런 건 아니야. 지금도 그놈 얼굴이 눈앞에 똑똑히 그려질 정도니까."

어터슨은 묵묵히 걸음을 옮겼는데, 골똘히 생각에 잠긴 듯했다. "그놈이 열쇠로 문을 열어 들어갔다고 했지? 확실한 건가?" 마침내 어터슨이 다시 입을 열었다.

"자네, 설마……." 엔필드가 화들짝 놀라 말끝을 흐렸다.

"맞아, 나도 아는 사람일세. 그래, 이상해 보이겠지. 사실 자네에게 수표에 적힌 이름을 묻지 않은 건 나도 이미 알고 있는 사람이기 때문일세. 자네가 한 이야기는 잘 알아들었네. 만약 그중에서 조금이라도 미심쩍은 부분이 있다면 바로잡는 게 좋을걸세."

"미리 언질이라도 주지 그랬나." 엔필드가 툴툴거리며 대꾸했다. "하지만 내가 한 얘기에는 하나도 틀린 데가 없네. 그놈은 분명 열쇠를 가지고 있었어. 더 끔찍한 건 아직도 그 열쇠를 가지고 드나든다는 것일세. 불과 일주일 전에도 열쇠를 사용하는 모습을 똑똑히 봤다네."

어터슨은 깊은 한숨만 내쉬고는 아무 말도 하지 않았다. 그러자 엔필드가 먼저 말을 꺼냈다. "오늘 또 하나 배웠군. 입이 무거워야 한다는 교훈 말이야. 어쩌다 이런 이야기를 꺼냈는지 부끄러울 따름이야. 다시는 이에 대해 거론하지 않기로 약조를 하겠네."

"나 역시 바라는 바일세." 어터슨 변호사가 대답했다. "그런 의미에서 악수나 한번 하세나."

02
하이드를 찾아 나서다

그날 저녁, 어터슨은 잔뜩 가라앉은 기분으로 혼자 사는 집에 돌아왔다. 저녁을 먹으려고 식탁에 앉았지만 식욕은 없었다. 매주 일요일이면 저녁 식사를 하고 난로 앞에 앉아 책상에 놓인 신학 도서를 읽다가 근처 교회에서 열두 시를 알리는 종이 울리면 감사한 마음으로 잠자리에 드는 것이 그의 일상이었다. 하지만 그날 밤에는 식사를 마친 후 바로 양초에 불을 붙여 들고 서재로 들어갔다. 그리고 금고를 열어 깊숙이 보관되어 있던 서류 뭉치에서 '지킬 박사의 유언장'이라고 적힌 봉투를 꺼냈다. 어터슨은 눈살을 찌푸리며 의자에 앉아 유언장의 내용을 유심히 살폈다. 비록 지금은 그의 수중에 있지만 지킬 박사가 변호사인 어터슨의 도움 없이 직접 자필로 작성한 것이었다. 유언장의 내용은 의학 박사이자 민법과 법학 박사 겸 왕립학술단체의 회원인 헨리 지킬이 사망할 시, '가장 친한 친구이자 은인 에드워드 하이드'에게 그의 전 재산을 넘겨준다는 것이었다. 또한 지킬 박사가 실종되거나 아무 이유도 없이 3개월 이상 나타나지 않을 경우, 그의 모든 재산을 에드워드 하이드에게 양도한다는 내용까지 덧붙여 있었다. 물론 에드워드 하이드는 지킬 박사의 집에서 일하는 하인들에게 약간의 돈을 지불할 뿐, 그 외에 어떤 책임을 지지 않는다고도 쓰여 있었다. 어터슨은 오래전부터 지킬 박사의 유언장 내용이 석연치 않아 고민했다. 변호사이자 평소 분별 있고 예의 바르게 생활하는 사람으로서 유언장 내용이 굉장히 못마땅했다. 그저 무례하다고 느낄 따름이었다. 게다가 '에드워드 하이드'라는 자가 누군지 전혀 모르는 상태라서 더욱 마음에 들지 않았다. 그런데 예상치 못하게 그 존재를 알았다. 그저 이름만 알고 있을 때에도 유언장의 내용이 못마땅했는데 이렇게 혐오스러운 존재임을 알고 나니 더욱 눈엣가시처럼 느껴졌다. 오랫동안 어터슨의 시야를

뿌옇게 가리고 있던 안개 속의 형상이 이제야 악마의 모습으로 눈앞에 선명하게 드러난 것이다.

"그저 미친 짓이라고 생각했을 뿐인데." 어터슨은 불쾌하기 짝이 없는 유언장을 다시 금고에 집어넣으며 말을 이었다. "이제 과거의 수치 때문에 그러한 유언장을 썼는지 걱정할 판이군."

어터슨은 입으로 촛불을 훅 불어 끈 다음 두꺼운 외투를 걸치고 캐번디시 광장으로 저벅저벅 걸음을 옮겼다. 캐번디시 광장은 의학의 요람이요, 그의 가장 가까운 벗 래니언 박사의 병원이 있는 곳이었다. 그의 병원은 언제나 환자들로 가득해 발 디딜 틈조차 없었다. '래니언이라면 뭔가 알고 있겠지.' 어터슨은 속으로 생각했다.

근엄한 표정의 집사가 어터슨을 알아보고 반겨 주었다. 그리고 곧바로 래니언 박사가 혼자 와인 잔을 기울이고 있는 식당 앞까지 안내해 주었다. 래니언 박사는 혈기가 왕성하고 건강미가 넘치는 신사로 다부지고 작은 체구에 얼굴이 붉은 편이었다. 나이에 비해 머리가 하얗게 새긴 했지만 행동 하나하나에 자신감이 넘쳤다. 그는 어터슨을 보자마자 용수철처럼 자리에서 벌떡 일어나 두 팔을 벌려 환영했다. 지나치게 환대하는 모습은 다소 과장이 없지 않았지만 진심 어린 태도였다. 두 사람은 어린 시절부터 함께 성장한 친구이자 서로를 존중하는 각별한 사이였다. 그들은 서로에게 진정한 벗일 수 있어 진심으로 감사했는데 물론 오랜 시간을 함께 보낸다고 해서 두 사람처럼 우정이 계속되는 것은 아니다.

잠시 이야기를 나눈 후, 어터슨이 먼저 자신의 마음을 괴롭히고 있는 고민거리를 꺼냈다.

"래니언, 자네와 내가 헨리 지킬 박사의 가장 오랜 친구가 아닌가?"

"조금 젊은 친구들이면 좋으련만." 래니언 박사가 껄껄 웃으며 말했다. "자네 말이 맞네. 헌데 그건 왜 묻는가? 요즘은 통 지킬 박사를 만난 적이 없어서 말이야."

"그게 사실인가?" 어터슨이 되물었다. "자네 둘은 관심사가 비슷해서 자주 만날 줄 알았는데."

"예전에는 그랬지. 헌데 그 친구 하는 행동이 너무 기이해서 말일세. 벌써 십 년쯤 된 얘기일세. 한참 잘못된 생각을 하고 있더군. 그래도 지금까지 쌓은 우정 때문에 그 친구를 예의주시하고 있었어. 헌데 요즘에는 통 보기 힘들었네. 마지막으로 본 게 언제인지도 모르겠군. 그런 비과학적인 헛소리를 지껄이다니." 래니언은 얼굴을 붉히며 흥분조로 말을 이었다. "그러면 다몬과 핀티아스(고대 시라쿠사에 있었던 피타고라스 파의 철학자들. 굳은 우정을 나눈 관계로 유명하다. 참주 디오니시오스 1세에게 사형을 선고받은 핀티아스가 신변 정리를 위한 시간을 요구하고, 그를 대신해 다몬이 감옥에 갇혀 있겠다고 나선다. 사형 당일이 되어도 핀티아스가 돌아오지 않자, 다들 친구를 버리고 도망갔다고 생각했다. 하지만 사형 집행 직전 핀티아스가 폭풍우를 뚫고 약속대로 돌아오자 참주는 그들 두 사람을 모두 방면해 주었다.—옮긴이 주)라도 갈라서고 말걸세."

래니언이 흥분하는 모습을 보자 어터슨은 왠지 모르게 마음이 놓였다. 그는 생각했다. '서로 과학적인 논점이 달라서 다툼이 있었나 보군.' 전 재산을 양도하는 문제가 아닌 다음에야 과학에 대해서 전혀 문외한이었던 그는 이런 생각까지 했다. '그런 문제는 유언장 내용에 비하면 아무것도 아니야!' 어터슨은 잠시 시간을 두고 흥분한 래니언 박사가 안정을 찾을 수 있도록 했다. 그리고 정말 묻고 싶었던 질문을 꺼냈다. "자네 혹시 지킬 박사가 후원하고 있다는 하이드라는 자를 본 적이 있나?"

"하이드?" 래니언이 되물었다. "아니, 그런 이름은 처음 듣는데."

어터슨 변호사는 그만큼의 정보만 얻고 곧바로 집으로 돌아왔다. 그리고 어둠이 내린 커다란 침실에 누워 이리저리 뒤척거리면서 새벽 동이 틀 때까지 좀처럼 잠을 이루지 못했다. 내면 깊숙한 곳에서 계속 떠오르는 질문들 때문에 한시도 마음 편히 잠을 잘 수 없었다.

어터슨의 집 근처 교회에서 아침 여섯 시를 알리는 종이 울렸다. 여전히 그는 풀리지 않는 고민 때문에 뒤척였다. 지금까지는 그의 이성만 자극했었는데 이제는 온갖 상상력까지 자극받아서 어디도 벗어날 수 없는 노예가 된 것 같았다. 굳게 커튼이 쳐진 어두운 방에서 몸을 뒤척이는 동안 그의 마음속에서 천천히 영사기가 돌아가듯 엔필드가 했던 말이 하나씩 떠올랐다. 어둠 속에 가로등이 나란히 늘어서 있는 모습, 재빠르게 걸음을 옮기는 한 남자, 병원 쪽에서 빠르게 뛰어오는 여자아이, 두 사람이 부딪히고, 잔인하게 아이가 짓밟히고, 비명을 지르는 아이를 내팽개치고 태연하게 걸어가는 괴물 같은 남자의 모습까지. 그리고 어느 으리으리한 저택의 방 안에 누워 미소를 지

으며 단꿈에 빠져 있는 지킬의 모습이 떠올랐다. 순간 문이 열리며 침대 옆에 있던 커튼이 홱 걷히고 깜짝 놀라 눈을 뜬 지킬 박사의 눈앞에 맙소사! 바로 막강한 권리를 부여받은 그자가 서 있는 것이 아닌가. 다들 단꿈에 빠져 있을 시간이라 지킬 박사는 그자가 시키는 대로 할 수밖에 없었다. 어터슨은 밤새 두 개의 꿈에 시달렸다. 잠깐 눈을 붙이면 다시금 그 형상이 꿈에 나타나 그를 못살게 굴었다. 그 무시무시한 형상은 고요하게 잠든 집들 사이를 미끄러지듯이 지나갔고, 가로등이 켜진 미로 같은 거대한 도시 속에서 요리조리 재빠르게 움직였다. 그리고 매번 모퉁이에서 부딪히는 아이들을 때려눕혀 비명을 지르게 내버려 두고 유유히 사라졌다. 그래도 어터슨은 그자의 얼굴을 끝까지 볼 수 없었다. 정말 얼굴이 없거나 만약 있다고 해도 좀처럼 보여 주려 하지 않고 눈앞에서 순식간에 녹아 내렸다. 결국 어터슨의 마음속에 하이드라는 자의 얼굴을 똑똑히 보고 싶다는 강박에 가까운 호기심이 순식간에 자라났다. 단 한번만이라도 그의 얼굴을 볼 수 있다면! 본래 미스터리란 풀리는 순간, 신기루처럼 사라져 버리는 것이 아니던가. 그렇다면 오랜 벗인 지킬 박사의 기이한 행동, 굴복에 가까운 태도(둘 중 어느 쪽이든

무방하리라), 말도 안 되는 유언장을 작성한 이유까지도 말끔히 밝혀질 터였다. 그러니 하이드라는 작자의 얼굴을 한번쯤 봐둘 필요가 있었다. 자비심이라고 찾아볼 수 없는 얼굴, 매사에 무감한 엔필드조차 격렬하게 증오한 얼굴이라면. 어터슨은 그 사악한 자의 얼굴을 꼭 보고 싶었다.

그날 이후, 어터슨은 가게들이 줄지어 선 뒷골목을 밥 먹듯이 드나들었다. 사무실에 출근하기 전, 도저히 짬을 낼 수 없을 만큼 분수한 오후 시간, 그리고 뿌연 안개 속 은은한 달빛이 비추는 저녁 시간에도 어김없이 뒷골목을 찾았다. 사람이 없는 한산한 시간에도, 복잡한 시간에도 시시때때로 뒷골목으로 걸음을 옮겼다.

"하이드란 작자가 숨는 데 귀재라면 나는 그자를 찾는 데 귀재가 되어야겠군."

마침내 어터슨의 끈기 있는 태도가 결실을 맺었다. 공기는 쌀쌀하지만 맑고 건조한 어느 저녁, 거리는 무도회장 바닥처럼 매끈하게 반짝였다. 바람 한 점 불지 않아 고요한 가로등 불빛과 똑같은 모양의 빛과 그림자가 거리에 비춰졌다. 밤 열 시가 되자, 가게들이 전부 문을 닫아 거리에는 적막만이 감돌았다.

런던 구석구석에서 낮게 으르렁거리는 소리가 들렸지만 뒷골목은 매우 고요했다. 작은 소리도 멀리까지 퍼져 집 안 소음들이 건너편까지 똑똑히 들릴 정도였다. 그 자리에 어터슨은 한참 전부터 거리를 오가는 행인들의 발소리를 들으며 서 있었다. 그렇게 또 몇 분이 흐르자, 저만치에서 뭔가 기묘하고 가벼운 발걸음 소리가 들렸다. 야경꾼처럼 얼마 동안 골목에 있다 보니 자신도 모르는 사이 독특한 능력을 얻은 모양이었다. 저만치 들려오는 사람들의 웅웅거리는 소리와 달그락거리는 도시의 소음 속에서 누군가의 발자국 소리를 선명하게 구별할 수 있다니. 그 소리처럼 어터슨의 온 신경을 날카롭게 자극하는 것은 없었다. 그는 오늘 밤에 드디어 오랜 노력이 성공할 거라는 예감에 강렬하게 사로잡혀 황급히 입구 쪽으로 몸을 숨겼다.

　발걸음 소리는 점점 가까워지다가 거리의 끝자락 모퉁이를 돌면서 갑자기 커졌다. 입구에 숨어서 지켜보던 어터슨 변호사는 드디어 그렇게 보고 싶던 사람을 똑똑히 볼 수 있었다. 작은 체구, 평범한 옷차림이었지만 멀리서 보아도 느껴지는 왠지 모를 혐오가 온몸을 관통했다. 그는 시간을 절약하려는 듯 길을 가로질러 곧바로 현관으로 향했다. 현관에 도착하자 마치 자기 집에 들어가는 사람처럼 자연스럽게 열쇠를 꺼냈다.

어터슨은 입구에서 걸어 나와 그자의 어깨에 손을 올리며 이렇게 말했다.

"하이드 씨?"

하이드는 깜짝 놀라 헉 하고 숨을 몰아쉬고는 한 걸음 물러섰다. 놀란 기색도 잠시, 그는 변호사의 얼굴을 똑바로 쳐다보지 않고 차갑게 대답했다. "제가 하이드 맞습니다만, 무슨 일이죠?"

"집에 들어가시려고 하나 보군요. 저는 지킬 박사의 오랜 친구입니다. 곤트 가의 어터슨이라고 해요. 제 이름을 들어 보셨을 겁니다. 이렇게 우연히 뵙게 되는군요. 실례가 안 된다면 같이 들어가도 될까요?"

"유감스럽게도 지킬 박사는 이곳에 없습니다." 하이드는 열쇠를 꽂으며 퉁명스럽게 대답했다. 그리고 고개도 들지 않고 불쑥 이렇게 되물었다. "헌데 저를 어떻게 아시죠?"

"실례되지만, 제 부탁 하나만 들어주실 수 있을까요?" 어터슨이 말했다.

"그러죠. 무슨 부탁인가요?"

"얼굴 좀 볼 수 있을까요?"

하이드는 잠시 머뭇거리다가 뭔가 결심한 듯 단호한 얼굴로 어터슨을 쳐다보았다. 두 사람은 몇 초간 서로를 뚫어져라 보았다. "이제 다시 만나면 제대로 알아볼 수 있겠군요. 호의에 감사드립니다." 어터슨이 말했다.

"잘 됐군요." 하이드가 고개를 돌리며 대꾸했다. "이렇게 된 거 당신에게 저희 집 주소를 알려 드리죠." 그리고 소호 거리에 있는 주소를 건넸다.

'세상에! 이자도 지킬의 유언장에 대해 알고 있는 건가?' 어터슨이 생각했다. 하지만 아무 내색하지 않고 주소를 알려 줘서 고맙다는 인사만 건넸다.

"그건 그렇고, 저를 어떻게 알아보셨죠?"

"이야기를 들었거든요." 어터슨이 대답했다.

"누구한테 말이죠?"

"우리를 아는 친구들이오." 어터슨이 대답했다.

"친구들이라고요?" 하이드가 갈라지는 목소리로 되물었다. "그게 누구죠?"

"지킬 박사도 그중 하나죠." 변호사가 둘러댔다.

"그 친구가 그랬을 리 없는데요." 하이드는 화가 나서 얼굴이 붉게 달아올랐다. "점잖은 분께서 거짓말을 하시는 건가요."

"이런, 불쾌했다면 미안합니다."

하이드는 사나운 짐승처럼 크게 웃으며 재빠르게 열쇠로 문을 열고 집 안으로 사라졌다.

하이드가 집으로 들어간 후에도 어터슨 변호사는 초조한 기색으로 문 앞에 서 있었다. 잠시 후, 그는 천천히 걷기 시작했다. 머릿속이 혼란스러운 것처럼 한두 걸음마다 멈추어 이마에 손을 가져다 댔다. 지금 그의 머릿속에 있는 문제는 좀처럼 해결하기 어려운 종류의 것이었다. 하이드란 자는 창백하고 난쟁이처럼 작았고, 어딘지 딱 꼬집어 말하기 힘들지만 장애가 있는 것 같았다. 어터슨을 향해 불쾌하기 짝이 없는 미소를 짓고 소심하면서도 대담하게 분노를 드러냈다. 저음의 갈라지고 더듬거리던 목소리까지. 뭐 하나 거슬리지 않는 데가 없었다. 그렇지만 그 모든 것들을 더해 봐도 지금까지 어터슨이 그에게 느꼈던 증오와 혐오, 알 수 없는 두려움의 원인을 설명하기엔 역부족이었다. "다른 뭔가가 있는 것 같은데." 어터슨은 매우 당황했다. "분명 뭔가 있는 것 같은데! 맙소사! 정말 인간이라고 보기 힘들 정도로군. 야만스러운 짐승 같다고 할까? 아니, 펠 박사(옥스퍼드 크라이스트 처치 대학의 학장 존 펠 박사를 향한 이유 없는 미움을 담은 한 대학생의 시구를 인용한 것이다. 「난 당신이 싫어요, 펠 박사님. 그 이유는 말할 수 없지만, 지금 내가 가장 잘 알고 있는 것은 당신이 싫다는 것이랍니다, 펠 박사님.」 그 후로 '펠 박사'는 별다른 이유 없이 반감을 부르는 인물을 의미하게 되었다.-옮긴이 주)처럼 이유 없이 싫은 사람이라고 해야 하나? 형언할 수 없을 정도로 추한 영혼이 육신으로 스며들어서 저런 기이한 형상이 된 것일까? 그래, 그 말이 제일 그럴싸하군. 불쌍한 나의 친구 지킬. 자네 친구란 작자의 얼굴에서 나는 악마를 본 것 같아."

길모퉁이를 돌면 멋들어지고 고풍스러운 저택들이 보인다. 지금은 대부분 과거의 빛을 잃고 지도 판화가부터 건축가, 뒤가 구린 변호사, 유령 회사의 대리인 등 온갖 부류의 사람들이 각 층과 방에 세를 내고 저택에 머물고 있었다. 하지만 모퉁이에서 두 번째 집만은 여전히 주인이 떡하니 버티고 있었다. 한눈에도 고풍스럽고 부유해 보이는 저택은 현관 위의 조명 하나만 빼고 어둠 속에 잠들어 있었다. 어터슨은 현관문을 조용히 두드렸다. 제대로 옷을 차려입은 나이 든 집사가 문을 열었다.

"풀, 지킬 박사님 계신가?" 변호사가 물었다.

"금방 살펴보고 오겠습니다, 어터슨 씨." 풀은 그렇게 말하고 현관문을 열어 어터슨을 안으로 안내했다. 어터슨은 집사를 따라 천장이 낮고 안락함이 물씬 풍기는 거실 안으로 들어갔다. 거실 바닥에는 포장용 판석이 깔려 있고 전원풍의 주택에서나 볼 수 있을 법한 난로가 거실 공기를 따뜻하게 데워주고 있었다. 거실에 놓인 가구들은 값비싼 떡갈나무 재질이었다. "잠시 난로 앞에서 기다리시겠습니까? 아니면 식당으로 안내해 드릴까요?"

"여기서 기다리지, 고맙네." 어터슨 변호사는 난로 앞에 세워 둔 높은 철제 망에 몸을 기댔다. 그가 홀로 남겨진 이 거실은 그의 친구인 지킬 박사가 가장 애착을 가지는 곳이었다. 어터슨 역시 런던에서 가장 안락하고 편한 공간이라고 인정할 정도였으니까. 그런데 오늘 밤에는 왠지 모르게 온몸이 오슬오슬 떨렸다. 하이드의 얼굴이 그의 기억 속에 무겁게 자리 잡고 있어서일까. 그에게는 정말 드문 일로 어터슨은 인생이라는 것에 대해 현기증과 혐오를 느꼈다. 반들반들 윤기가 나는 선반 위로 난로 불빛이 비추는 가운데 천장에 드리운 그림자가 흔들릴 때마다 우울해서인지 오늘따라 유난히 두려움을 느낄 정도였다. 이윽고 집사가 돌아와 지킬 박사가 부재중이라는 사실을 알리자, 어터슨은 부끄럽게도 안도감을 느꼈다.

"하이드 씨가 예전 실험실 문을 열고 들어가던데, 그래도 괜찮은 건가? 지킬 박사가 없는데도 말일세."

"물론이죠, 어터슨 씨." 풀이 대답했다. "하이드 씨도 실험실 열쇠를 가지고 계시거든요."

"자네 주인은 그 젊은이를 굉장히 믿고 있는 모양이군." 어터슨은 잠시 생각에 잠겼다.

"네, 그렇습니다. 저희들에게도 하이드 씨의 분부를 따르라고 말씀하셨거든요."

"나는 그 하이드라는 사람을 만난 적이 없는 것 같은데?" 어터슨이 물었다.

"네, 물론입죠. 여기서 식사를 하신 적이 없거든요." 집사가 대답했다. "사실은 집 안에서 그분을 뵌 적은 거의 없습니다. 보통 실험실에만 들렀다가 가시니까요."

"그래, 늦었는데 잘 쉬게나."

"안녕히 가십시오, 어터슨 씨."

어터슨은 굉장히 무거운 마음으로 집으로 향했다. '가련한 지킬. 행여 헤어 나올 수 없는 수렁에 빠진 건 아닌지 걱정이군! 젊을 때 워낙 방탕하게 살기는 했어. 꽤 오래전 일이기는 해도 분명 그랬지. 하나님의 법에는 공소시효란 없으니까. 그래, 분명 그런 이유일 거야. 오래전 저지른 죄의 망령, 아니면 과거에 저지른 실수 때문에 암 덩어리가 생긴 거겠지. 아무리 오랜 세월이 흘러 기억이 희미해지고 자기가 과거의 잘못을 뉘우쳤더라도 죄에 대한 대가는 천천히 절름거리면서 끝까지 쫓아오는 법이니까.' 그런 생각을 하는 순간 어터슨은 두려움에 사로잡혀 잠시 오래전 기억을 더듬었다. 마치 용수철 인형이 튀어나오듯 밝은 곳으로 고개를 드밀 과거의 죄가 있을 거란 우려 때문이었다. 어터슨의 경우에는 과거에도 그렇다 할 잘못을 저지르지 않은 편이었다. 어터슨처럼 별 걱정 없이 자신의 과거를 되짚을 수 있는 사람도 없을 테지만, 그럼에도 어터슨은 과거에 저지른 잘못된 행동을 떠올리며 금방이라도 바닥에 쓰러질 정도로 강력한 수치심을 느꼈다. 그와 동시에 생각만 하고 실행에 옮기지 않은 잘못들을 떠올리며 진심으로 두려워했다. 곧 자신감도 되찾았다. 그러는 와중에 처음에 고민했던 문제를 떠올리고 한낱 희망의 빛을 붙잡았다. '그래, 하이드라는 자의 뒤를 파면 그 비밀이 뭔지 캐낼 수 있을 거야. 그 흉측한 몰골을 보아하니 정말 끔찍한 비밀이겠어. 그자의 비밀에 비하면 지킬이 저지른 잘못은 아무리 크다고 해도 햇빛처럼 밝은 것이겠지. 이대로 두고 볼 수만은 없어. 그 끔찍한 자가 지킬의 침대를 도둑처럼 파고든다고 생각하니 정말 소름이 끼치는군. 불쌍한 지킬, 얼마나 깜짝 놀랐을까! 보통 위험한 문제가 아니야. 만약 하이드라는 자가 유언장의 내용에 대해 아는 날이면, 어떻게든 빨리 그의 재산을 가로채고 싶어 안달을 낼 것이 아닌가. 아, 아무래도 내가 발 벗고 나서지 않으면 안 되겠어. 제발 지킬이 나를 믿어 줘야 할 텐데.' 어터슨의 마음속에 지킬이 썼던 유언장의 이상한 구절들이 다시 또렷하게 떠올랐다.

03
지킬 박사의 태연한 태도

 이 주 후, 천만다행으로 지킬 박사가 지인 대여섯 명을 저녁 식사에 초대했다. 모두 지식인이고 평판이 괜찮으며 좋은 와인을 알아볼 수 있는 사람들이었다. 어터슨은 다른 손님들이 자리를 떠난 후에도 마지막까지 남았다. 예전에도 끝까지 자리를 지킨 적이 있어 그리 새로울 것은 없었다. 어느 자리에 가도 굉장히 귀한 대접을 받는 사람이었기 때문이다. 보통 주최자들은 언행이 경박하고 품위가 떨어지는 손님들이 떠나고 나면 이 재미없는 변호사를 끝까지 잡아 두려고 애썼다. 번잡스러운 자리가 파하고 나면 어터슨과 함께 조용히 고독을 감상하며 무거운 침묵 속에서 다시 냉정을 되찾을 수 있었기 때문이다. 물론 지킬 박사도 예외는 아니었다. 그는 난로 반대편에 조용히 앉아 있었다. 지킬 박사는 풍채가 훤칠하게 좋은 오십 대의 남자였다. 뭔가 의뭉스러운 구석은 있었지만 겉으로 보기에 재능도 있고 친절한 사람이었다. 그의 행동 하나하나에서 어터슨을 향한 진심 어리고 따뜻한 애정을 느낄 수 있었다.

"오래전부터 자네랑 얘기를 좀 하고 싶었어. 저번에 작성한 유언장 내용을 기억하나?" 어터슨이 먼저 입을 열었다.

눈썰미가 있는 사람이라면 지킬 박사가 대화 주제를 별로 내켜하지 않는다는 것을 알아챘을 것이다. 그런 속내와 달리 박사는 가벼운 태도로 질문에 답했다. "자네 참 딱하게 됐구. 나같은 의뢰인을 만나 맘고생하다니. 내 유언장 때문에 고민하는 사람은 자네밖에 없을걸세. 내 과학 연구를 힐난하기 바쁜 래니언만 빼고 말이야. 아, 얼굴 찡그리지 말게. 나도 래니언 그 친구가 훌륭하단 점은 알고 있네. 나 역시 그 친구를 자주 보고 싶어. 하지만 워낙 편협하고 완고한 친구라 실망한 부분도 많아."

"내가 자네 뜻을 납득하지 못한다는 것도 알고 있나?" 어터슨이 새로운 대화 주제를 못마땅해 하면서 말을 돌렸다.

"내 유언장 말인가? 그래, 자네 마음은 충분히 이해해." 지킬 박사가 다소 날이 선 목소리로 받아쳤다. "방금 자네 입으로도 그렇게 말했고."

"좋아, 내 다시 얘기하지. 우연히 그 하이드라는 사람을 알게 됐네." 어터슨이 말을 이었다.

지킬 박사의 멋진 얼굴이 입술까지 하얗게 질리고 눈가에 시커먼 그림자가 드리웠다. "더 이상 듣고 싶지 않네. 유언장에 대한 것이라면 이미 끝난 얘기인 것으로 아는데."

"아주 끔찍한 얘기를 들었네." 어터슨이 말했다.

"그런다고 달라지는 건 없어. 자네는 내 입장을 이해할 수 없을걸세." 지킬 박사의 대답이 돌아왔다. 어딘지 모르게 당황한 모습이었다. "내가 좀 곤란해, 어터슨. 이러지도 저러지도 못하는 힘든 상황에 처해 있네. 이건 자네와 대화를 나눈다고 해서 해결될 문제가 아니야."

"지킬." 어터슨이 입을 뗐다. "자네도 내가 믿을 만한 사람이라는 거 알잖나. 아무 걱정 말고 속 시원하게 털어놓도록 해. 내가 어떻게든 자네를 곤경에서 빠져나오도록 해 주겠네."

"어터슨, 자넨 정말 좋은 친구야. 그렇게까지 얘기해 주다니 정말 고맙네. 어떻게 감사를 해야 할지 모르겠어. 물론 나는 자네를 믿네. 아마도 뭔가를 결정해야 한다면 자네만큼 믿을 만한 사람도 없을걸세. 나 자신보다도 말이야. 하지만 이 문제는 자네가 생각하는 것과 달라. 그렇게 나쁘게 생각할 것 없다네. 자네가 너무 심각하게 여기는 것 같아 한마디만 하겠네. 언제든 내가 마음만 먹으면 하이드를 없애 버릴 수 있어. 그 점 하나는 확실해. 다시 한번 진심으로 고맙네, 친구. 한마디 더 보태자면, 자네가 좋은 의도로 나를 도와주고 싶어 한다는 건 알아. 하지만 이건 내 개인 문제일세. 그러니까 자네는 그냥 모른 척해 주면 좋겠어."

어터슨은 잠시 활활 타오르는 난로를 쳐다보았다.

"자네 뜻이 정 그렇다면 믿는 수밖에." 어터슨이 자리에서 벌떡 일어나며 말했다.

"기왕에 얘기가 나왔으니 하는 말인데, 자네가 이해해 주었으면 하는 게 한 가지 있네. 이번 일로 내가 하이드라는 불쌍한 친구에게 굉장히 신경을 쓰고 있네. 자네가 그를 찾아간 것도 알아. 그 친구가 그러더군. 혹시 무례하게 굴었는지 모르겠어.

아무튼 내가 그 젊은 친구에게 굉장히 마음을 쓰고 있다는 사실만 알아주게. 만약에 말일세, 어터슨. 내가 떠나고 나면 자네가 그 친구를 챙겨 주고 제대로 유언이 집행될 수 있도록 힘쓰겠다고 약조해 주게. 만약 지금 벌어지는 일에 대해 전부 알게 된다면 자네도 나를 이해할 거라고 믿네. 자네가 약속해 준다면 내 마음이 한결 가벼워질 것 같아."

"그런 사람을 좋아하는 척할 수는 없네." 어터슨이 대답했다.

"그런 것까지는 바라지 않아." 지킬이 그의 팔을 붙잡으며 간곡히 부탁했다. "그저 공정한 태도를 취해 달라는 거야. 내가 이곳에 없더라도 그 친구를 잘 챙겨 주길 부탁하는 것일세."

어터슨은 어쩔 수 없다는 듯이 깊은 한숨을 내쉬었다. "그래, 약속하지."

04
커루 경 살해 사건

일 년이 지나고 18xx년 10월, 런던은 끔찍한 살인 사건으로 들썩였다. 더구나 그 사건의 피해자가 사회적으로 명망이 높은 인물이라 더욱 주목을 받았다. 사건의 세부 내용은 간단했지만 놀랄 만한 것이었다. 템스 강 근처에서 혼자 사는 하녀 하나가 저녁 열한 시경, 잠을 청하기 위해 2층으로 올라갔다. 밤이 깊어지면서 순식간에 안개가 도시를 가득 메웠다. 초저녁만 해도 하늘에 구름 한 점 없고 하녀가 쓰는 방의 창문 밖으로 보름달이 환하게 거리를 비추고 있었다. 저녁이 주는 낭만적 분위기에 취한 하녀는 창문 바로 앞에 놓인 상자에 앉아 이런저런 사색에 잠겨 있었다. 하녀가 말하길 그날처럼 세상 모든 사람들이 평화로운 적은 없었고(하녀는 그날 일을 얘기할 때마다 흐르는 눈물을 주체하지 못했다.) 그날처럼 세상을 다정하게 느낀 적은 없었다고 했다. 그렇게 창문 밖을 내다보고 있는데, 머리가 하얀 멋진 노신사가 근처 거리를 걷고 있는 모습이 보였다. 반대쪽에서는 몸집이 작은 사내 하나가 걸어오고 있었다. 처음에는 별 신경을 쓰지 않았다. 두 사람이 서로 얼굴을 알아볼 수 있을 만큼 가까워지자,(하녀가 있는 창문 바로 아래쪽이었다.) 노신사가 먼저 사내 쪽으로 다가가 매우 정중한 태도로 인사를 건넸다. 그다지 대화를 심각하게 나누는 것 같지는 않았다. 노신사가 손가락으로 어딘가를 가리키는 것을 보니 그저 길을 묻는 것 같았다. 하녀는 환한 달빛이 비추는 노신사의 순수하고 진중해 보이는 얼굴을 바라보며 흐뭇한 기분을 느꼈다. 고귀하고 자신감이 넘치는 모습이었다. 하녀의 눈이 반대쪽에 있는 사내에게 향했다. 언젠가 자신의 주인을 찾아왔던 하이드 씨라는 사실을 깨닫고 화들짝 놀랐다. 처음 볼 때부터 마음에 들지 않는 사람이었다. 그는 묵직한 지팡이를 가볍게 흔들고 있었다. 노신사의 질문에 아무 대답도 않고 어딘지 모르게 초조한 태도로 가만히 듣고만 있었다. 그리고 갑자기 엄청난 분노를 쏟아내고 발을 구르며 지팡이를 위협적으로 휘둘렀다. 하녀의 말에 따르면 마치 정신이 나간 사람처럼 보였다. 노신사는 깜짝 놀라 뒤로 한 걸음 물러섰다. 바로 그때 하이드가 노신사를 길바닥에 무참히 내동댕이쳤다. 그리고 유인원처럼 화를 내면서 그를 발로 짓이기고 지팡이로 강하게 때리기 시작했다. 우두둑 뼈가 부서지는 소리가 날 때마다 노신사의 몸뚱이가 길바닥 위로 들썩거렸다. 그 끔찍하고 소름끼치는 장면을 목격하고 공포에 질린 하녀는 그대로 기절하고 말았다.

새벽 두 시가 되어서야 하녀는 정신을 차리고 경찰에 신고를 했다. 살인자는 벌써 자리를 떴지만 피해자는 완전히 엉망이 된 채로 길바닥 한복판에 쓰러져 있었다. 묵직한 나무로 만들어 단단하고 독특한 지팡이도 참혹한 현장을 만들 때의 충격을 이기지 못하고 두 동강이 나 있었다. 한쪽은 이웃집 배수로로 굴러 들어갔고 다른 한쪽은 살인자가 가지고 간 모양이었다. 피해자의 몸에서 지갑과 금시계가 발견되었다. 봉인을 하고 우표를 붙인 편지 봉투 하나도 있었다. 다른 명함이나 서류 같은 것은 없었다. 편지를 부치려고 나섰다가 참혹한 꼴을 당

한 모양이었다. 봉투 겉면에는 어터슨의 이름과 주소가 적혀 있었다.

다음 날 아침, 어터슨이 미처 잠에서 깨기도 전에 그 앞으로 노신사의 편지가 도착했다. 편지와 함께 어젯밤 벌어진 끔찍한 사건을 전해 들은 그는 입술을 지그시 깨물었다. "피해자의 신원을 확인하기 전까지는 아무 말도 하지 않겠습니다. 매우 심각한 사건인 것 같군요. 옷을 갈아입고 올 때까지 잠시만 기다려 주시면 감사하겠습니다." 어터슨은 무거운 표정으로 간단하게 아침 식사를 하고 시체가 보관되어 있는 경찰서로 향했다. 그는 안치실에 있는 시신을 보자마자 고개를 끄덕였다.

"맞습니다. 제가 아는 분이군요. 유감스럽게도 이분은 댄버스 커루 경입니다."

"맙소사!" 경관이 소리쳤다. "그게 정말입니까?" 그리고 직업 정신으로 눈빛을 빛내며 이렇게 말했다. "이번 사건은 꽤나 큰 문제가 될 것 같습니다. 살인자를 잡을 수 있도록 부디 협조해 주시면 감사하겠습니다." 경찰은 사건을 신고한 하녀가 진술한 내용을 간략히 전하고 두 동강이 난 지팡이를 보여 주었다.

어터슨은 하이드라는 이름을 듣고 놀라 파르르 떨었다. 하지만 두 동강이 난 지팡이를 보자 더는 의심할 여지가 없었다. 엉망이기는 했지만 그 지팡이는 분명 오래전 어터슨이 지킬 박사에게 선물한 것이었다.

"그 하이드라는 자의 체구가 작았다고 하던가요?"

"목격자의 증언에 따르면 유난히 몸집이 작고 흉측한 외모의 소유자라고 하더군요." 경찰이 말했다.

어터슨은 잠시 생각에 잠겼다가 이내 고개를 들며 말했다. "제 마차를 타고 함께 가시죠. 그자의 집으로 안내하겠습니다."

그때 시간이 오전 아홉 시 무렵으로 겨울에 접어들면서 자욱한 안개가 처음 끼었다. 연달아 불어오는 차가운 공기가 하늘 아래로 낮게 걸린 시커먼 안개를 계속해서 밀어내는 중이었다. 마차를 타고 이동하던 어터슨은 주위로 펼쳐지는 상반된 풍경을 멍하니 쳐다보았다. 한쪽에는 칠흑 같은 어둠이, 반대쪽에는 거대한 화재가 난 것처럼 갈색 안개가 자욱하게 깔려 있었다. 잠시 안개가 걷히자 가느다란 빛이 안개 사이를 군데군데 꿰뚫었다. 시시각각 변하는 주변 공기와 더불어 진흙이 쌓인 도로, 비틀거리는 행인들, 어둠을 비추기 위해 하루 종일 켜졌다가 꺼졌다가를 반복하는 가로등 불빛으로 소호 거리는 더욱 우울한 분위기를 자아내고 있었다. 어터슨의 눈에는 흡사 악몽의 한 장면처럼 보였다. 더불어 그의 마음까지도 우울하게 가라앉았다. 그는 마차 옆자리에 앉은 경찰을 보며, 법률 집행관들의 무시무시한 위력이 떠올라 몸을 부르르 떨었다. 제 아무리 정직한 사람이라도 그들을 보면 공포를 느낄 것이다.

마차가 주소지에 도착할 무렵이 되자 자욱했던 안개가 조금씩 걷혔다. 우중충한 거리에는 화려한 술집, 싸구려 프랑스 음식점, 1페니짜리 잡지와 2페니짜리 샐러드를 파는 가게, 누더기 차림으로 모여 앉은 꼬마 아이들, 방 열쇠를 손에 쥐고 아침부터 술을 찾아 나선 다양한 국적의 여자들이 보였다. 다시 암갈색 천연 안료처럼 짙은 안개가 내려앉아 거리의 암울한 모습이 시야에서 사라졌다. 바로 여기가 지킬 박사의 애정으로 전재산 25만 파운드를 받을 주인공이 사는 곳이었다.

상아처럼 하얀 얼굴에 백발이 성성한 노파가 문을 열어 주었다. 사악한 얼굴을 숨기기 위해 위선으로 표정을 지었지만 손님을 맞는 태도만큼은 흠 잡을 데 없었다. 그녀는 여기가 하이드의 집이 맞지만 지금 집에 안 계시다고 대답했다. 어젯밤 늦게야 집에 들어오고 한 시간도 되지 않아 다시 나갔다고 했다.

워낙 생활이 불규칙한 편이고 집을 자주 비우는 분이라 그리 놀랄 일도 아니라고 덧붙였다. 어제 집에 온 것도 거의 두 달만의 일이라고 했다.

"오히려 잘 됐군요. 그분의 방을 잠시 둘러보고 싶소." 어터슨 변호사가 말했다. 그러자 노파가 한사코 마다했다. "그렇다면 저와 함께 오신 분을 소개해야겠군요. 이분은 스코틀랜드 경찰서에서 나온 뉴커먼 경위이십니다."

노파의 얼굴에 야릇한 즐거움이 스치고 지나갔다. "이런! 하이드 씨가 곤경에 빠진 모양이네요! 대체 무슨 일이죠?"

어터슨과 뉴커먼 경위가 눈빛을 나누었다. "그다지 존경할 만한 주인이 아니었던 모양이군요. 실례가 안 된다면 저희가 그분 방을 좀 둘러보겠습니다." 경위가 말을 이었다.

노파 홀로 지키고 있는 그 집에서 하이드는 방 두 개만을 사용하고 있었다. 방 안 구석구석에는 고풍스러운 취향이 그대로 녹아 있었다. 벽장을 가득 채운 최고급 와인, 은제 식기, 식탁용 리넨도 전부 고급이었다. 벽에 걸린 멋들어진 그림은 적어도 어터슨이 보기에 헨리 지킬이 선물한 것이 분명했다. 지킬 박사는 그림을 보는 안목이 뛰어난 사람이었으니까. 바닥에 깔린 카펫도 굉장히 묵직하고 색깔에 기품이 있었다. 자세히 살펴보니 집 안 구석구석 급하게 뒤진 흔적이 눈에 띄었다. 호주머니가 뒤집어진 옷들이 바닥에 널려 있고 서랍의 잠금 장치가 열린 채로 튀어나와 있었다. 꽤 많은 서류를 한번에 처리하려 했는지 난로에 시커먼 재가 가득 차 있었다. 경위는 난롯가를 뒤적여 타다 남은 초록색 수표책을 찾아냈다. 문 뒤에서는 두 동강이 난 지팡이의 남은 반쪽이 발견되었다. 이렇게 용의자의 범죄인 것이 확실해지면서 경위는 만족스러워했다. 곧이어 은행에 방문해 하이드의 계좌에 수천 파운드가 예치된 사실을 확인하고 경위는 더더욱 만족한 눈치였다.

"이제 저희에게 맡겨주시면 될 것 같습니다." 경위가 말했다. "놈은 독 안에 든 쥐예요. 머리가 비상한 녀석은 아닌 것 같군요. 그렇지 않고서야 살해에 사용한 지팡이를 그대로 두고 수표책까지 태워 버릴 리가 없으니까요. 지금 제일 중요한 것이 도피 자금일 텐데 말이죠. 이제 은행에서 놈이 나타날 때까지 기다리기만 하면 됩니다. 아니면 수배 전단을 돌리는 방법도 있고요."

하지만 수배 전단을 돌리는 것은 말처럼 쉬운 일이 아니었다.

하이드의 얼굴을 잘 아는 사람이 손에 꼽을 정도였기 때문이다. 그의 집을 관리하는 노파도 주인의 얼굴을 두 번밖에 보지 못했다고 했다. 어디서도 그의 가족을 찾을 수 없었고 제대로 된 사진 하나 없었다. 그나마 하이드를 본 적 있는 사람들도 제각기 다른 진술을 했다. 목격자의 진술이 일치하는 딱 한 부분은 생각만 하면 등골이 서늘할 정도로 어딘지 모르게 기형같이 일그러진 얼굴이라는 점이었다.

05
편지 소동

    사건이 있던 날 오후, 어터슨은 지킬 박사의 집으로 찾아갔다. 집사 풀은 곧바로 어터슨을 집 안 주방과 예전에 정원이었던 마당을 지나 실험실 혹은 해부실로 불리는 건물로 안내했다. 지킬 박사는 유명 외과 의사의 상속인으로부터 이 집을 사들였다. 평소 해부학보다 화학에 관심이 많았던 터라 정원 끝자락에 있는 건물의 해부실을 실험실 용도로 사용하고 있었다. 변호사가 친구의 실험실을 방문한 것은 난생 처음 있는 일이었다. 어터슨은 호기심 어린 눈으로 건물 안을 찬찬히 뜯어보았다. 창문 하나 없이 우울하게 서 있는 실험실. 한때는 열정 있는 학생들로 붐볐을 곳이지만 이제는 고요하고 이상한 분위기를 풍기는 곳에 불과했다. 실험실 가운데 놓인 테이블 위에는 온갖 실험 기구들이 널려 있고, 원형 천장 아래로 뿌연 햇살이 비추는 가운데 바닥에는 나무 상자들과 포장용 지푸라기들이 쌓여 있었다. 한쪽 끝으로 가자 빨간 천으로 덮인 문이 보이고 그 아래로 긴 계단이 늘어서 있었다. 어터슨은 문을 열고 드디어 지킬 박사가 지내는 방에 도착했다. 큼지막한 방 사방에 유리로 된 장식장이 서 있고 전신을 볼 수 있는 거울과 커다란 회의용 탁자가 놓여 있었다. 방에는 뿌옇게 먼지가 끼어 있고 쇠창살을 단 창문 세 개가 나 있었다. 난로에는 불이 타오르고 있었다. 집 안까지 안개가 자욱하게 끼어 있어서인지 대낮인데도 선반 위쪽에 등불이 켜져 있었다. 지킬 박사는 금방이라도 쓰러질 듯한 얼굴로 난로 바로 옆에 앉아 있었다. 손님이 와도 자리에서 일어서지 못하고 차가운 손으로 악수를 청하며 사뭇 달라진 목소리로 인사를 건넸다.

"여기 있었군." 어터슨은 집사가 자리를 떠나자 말을 이었다. "그 소식 들었나?"

지킬 박사가 온몸을 부르르 떨었다. "광장이 떠나갈 정도로 사람들이 큰 소리로 떠들더군. 식당에 앉아 있다가 들었네.”

“하나만 묻겠네.” 변호사가 말했다. “커루 경도 자네처럼 내 의뢰인이었어. 변호사로서 궁금한 게 있는데. 혹시 하이드라는 자를 숨겨 주는 정신 나간 짓을 하지 않았겠지?”

“어터슨, 내가 하늘에 대고 맹세하겠네.” 지킬 박사가 소리쳤다. “하늘에 맹세컨대 다시는 그자를 만나지 않겠어. 내 이름을 걸고 말하네만 이 생에서 그자와의 인연은 이걸로 끝이야. 자네는 모르겠지만 어차피 하이드는 내 도움을 필요로 하지 않을 걸세. 그자는 안전해. 아주 안전하고 말고. 내 말 믿게. 다시는 그자의 이름을 들을 일이 없을 거야.”

변호사는 침울한 표정으로 친구의 말에 귀를 기울였다. 이상하리 만치 흥분하는 모습이 오히려 마음에 걸렸다. “그자가 잡히지 않을 거라고 확신하는 모양이구만. 자네 말이 맞기를 바라네. 이번 사건으로 재판이 열리면 자네 이름까지 거론될 수 있어.”

“하이드는 내가 잘 아네.” 지킬이 대답했다. “남들에게 말할 수 없지만 나름대로 확신을 가지고 말하는 거야. 그런데 한 가지, 자네한테 조언을 구하고 싶은 게 있어. 사실 편지 하나를

받았는데 경찰에 신고를 해야 할지 고민이 돼서 말이야. 그걸 자네한테 맡기고 싶어. 어터슨, 자네라면 현명한 판단을 내릴 거야. 다른 사람은 몰라도 자네는 믿네."

"자네, 혹시 편지 때문에 하이드가 붙잡힐까 봐 걱정이라도 하는 건가?" 변호사가 물었다.

"아닐세." 대답이 돌아왔다. "하이드가 어떻게 돼도 나랑은 상관없어. 이제 나랑 상관없는 사람 아닌가. 단지 이번 끔찍한 사건으로 내 혐오스러운 속내를 드러낸 것이 걱정일 뿐이야."

어터슨은 잠시 고민에 잠겼다. 지킬 박사의 이기적인 태도에 놀라면서도 한편으로는 안심이 됐다. "좋아." 마침내 그가 대답했다. "그 편지를 보여 주게."

편지는 수직으로 눌러쓴 이상한 글씨체로 가득했고 '에드워드 하이드'라는 서명이 또렷이 적혀 있었다. 요점만 간추리자면 이랬다. 에드워드 하이드는 후원자 지킬 박사로부터 많은 도움을 받았고, 이렇다 할 보답은 하지 못했지만 다행히 안전한 피신처를 구했으니 더는 걱정하지 않아도 된다는 것이었다. 변호사는 편지의 내용을 읽고 마음이 놓였다. 생각했던 것보다 지킬과 하이드의 관계가 친밀하지 않아 보였기 때문이다. 한때 친구를 의심했던 것이 부끄럽게 느껴질 정도였다.

"봉투는 어디 있나?" 어터슨이 물었다.

"태워 버렸네." 지킬 박사가 말했다. "정신을 차리고 보니 벌써 태우고 없더군. 헌데 소인은 찍혀 있지 않았어. 인편으로 편지를 보내왔거든."

"내가 편지를 가져가도 되겠나?" 어터슨이 다시 물었다.

"물론. 자네가 내 대신 편지를 읽고 현명하게 판단해 주길 바라네. 이제 나 자신의 판단력이 의심스러우니까."

"그래, 한번 생각해 보겠네." 변호사가 대답했다. "한 가지만 더 묻겠네. 자네가 사라질 경우에 전 재산을 하이드에게 양도한다는 내용을 유언장에 넣으라고 그자가 시킨 건가?"

지킬 박사는 순간 휘청하더니 입을 꾹 다물고 고개를 끄덕였다.

"그럴 줄 알았어. 자네를 죽일 생각이었던 것일세. 제때 잘 빠져나온 거야." 어터슨이 말했다.

"너무나 많은 대가를 치렀어." 지킬 박사가 무거운 표정으로 답했다. "엄청난 교훈을 얻었지. 맙소사, 어터슨! 정말 엄청난 교훈을 얻었네." 지킬은 양손으로 얼굴을 가리며 이렇게 외쳤다.

변호사는 친구의 집을 나서며 집사와 잠시 얘기를 나누었다. "그런데 말이야. 혹시 오늘 편지를 가지고 왔다는 사람이 어떻게 생겼는지 기억나나?" 하지만 집사는 집배원 말고 아무도 찾아온 적이 없다고 했다. "그것도 광고 전단지밖에 없었던걸요." 그가 덧붙였다.

집사의 말을 듣자 어터슨은 다시 걱정을 하기 시작했다. 그렇다면 실험실 문을 통해 편지가 배달된 것이 틀림없다. 아니면 실험실 안에서 직접 편지를 쓴 것인지도 모른다. 만약 그게 사실이라면 전혀 다른 각도에서 이 문제를 다뤄야 할 테고 신중에 신중을 기해야 할 터였다. 신문팔이 소년들이 인도를 뛰어다니며 목이 터져라 외쳤다. "호외요! 하원 의원이 끔찍하게 살해당했어요!" 어터슨의 귀에는 소년의 목소리가 한때 친구이자 의뢰인이었던 지킬 박사의 추도사처럼 들렸다. 혹시 이번 사건으로 지인들의 평판에 누가 되지는 않을까 우려도 들었다. 앞으로 그가 내려야 하는 결정은 그만큼 미묘한 문제였다. 언제나처럼 누군가를 찾아가 조언을 구하고 싶은 생각이 간절해졌다. 최대한 에둘러 이야기를 꺼내서 말이다.

얼마 후, 어터슨은 변호사 사무장인 게스트와 함께 난롯가에 앉았다. 뜨거운 난롯가에서 멀찌감치 떨어진 곳에는 어터슨이 지하 창고에 오랫동안 묵힌 와인 한 병이 놓여 있었다. 뿌연 안개는 여전히 도시 위로 커다란 날개를 활짝 펼치고 내려앉아 있었고 거리에 늘어선 가로등은 빨간 석류석처럼 빛났다. 거리 위로 짙게 드리운 안개 속에서도 런던 사람들의 삶은 바삐 흘러갔다. 도시의 거대한 동맥인 도로 위를 가득 채운 소음이 맹렬히 불어오는 거센 바람소리처럼 들렸다. 물론 어터슨의 방 안은 따스한 불빛으로 포근함이 가득했다. 오래 보관한 덕분에 와인의 산도는 어느 정도 사라지고 색감은 짙고 부드럽게 변해 스테인드글라스에 비추는 햇빛처럼 은은한 빛을 발하고 있었다. 포근한 가을 오후의 햇살을 받아 잘 익은 포도로 만든 와인은 어터슨의 마음을 우울하게 만들었던 런던의 안개마저 걷어내는 듯했다. 그의 마음도 함께 편안해졌다. 사무장으로 일하는 게스트는 누구보다 어터슨의 비밀을 많이 알고 있는 인물이었다. 어터슨은 언제나 그에게 의도했던 것보다 많은 비밀을 술술 풀어놓았다. 그는 법률문제로 지킬 박사의 집을 방문한 적이 있어 집사인 풀과 친분이 있었다. 지킬 박사와 하이드의 친밀한 관계에 대해서도 어느 정도 눈치 채고 있을 터였다. 그러니 이번 일에 대한 조언을 구할 수도 있을 것이다. 그냥 이 편지를 보여 주고 올바른 판단을 이끌어 내는 것은 어떨까? 전문가에 가까운 수준으로 필적을 감정하니, 자연스럽게 협조를 구해 보는 것은 어떨까? 게스트는 매우 훌륭한 상담자이기도 했다. 지킬 박사가 건넨 기묘한 편지를 보여 주면 어떻게든 기발한 의견을 줄 것이다. 어터슨은 사무장의 조언을 듣고 난 후에 최종 결정을 내리기로 마음먹었다.

"댄버스 경이 그런 일을 당하다니, 정말 안타까운 일이야." 어터슨이 말을 꺼냈다.

"그러게요, 변호사님. 이번 사건으로 시민들이 격분하고 있어요." 게스트가 대답했다. "어떤 놈인지 제정신이 아닌 모양이에요."

"이번 일에 대해 자네의 조언을 구하고 싶네." 어터슨이 답했다. "이건 자네랑 나, 둘만 아는 것으로 하고. 여기 그자가 쓴 편지가 있네. 앞으로 어떻게 해야 할지 도무지 판단이 서질 않아서 말이야. 정말 곤란한 상황이라네. 자, 이게 바로 그 편지일세. 한번 읽어 보게. 그 살인마의 서명도 적혀 있어."

게스트는 눈빛을 반짝이며 열정적인 태도로 편지를 천천히 읽어 내려갔다. "완전히 정신이 나간 사람은 아닌 것 같네요. 그런데 참 이상하네요."

"아무리 생각해도 이상한 구석이 한두 개가 아니야." 변호사가 대답했다.

바로 그때 하인이 편지 한 통을 들고 나타났다.

"지킬 박사님이 보낸 편지인가요?" 게스트가 물었다. "이 필체가 낯이 익어서요. 사적인 내용인가요?"

"저녁 식사에 초대한다는 내용이야. 왜 그러나? 편지를 보고 싶은가?"

"잠시만 살펴보겠습니다." 게스트는 두 장의 편지를 나란히 놓고 꼼꼼하게 살피기 시작했다. "잘 봤습니다." 그는 이렇게 말하며 두 장의 편지를 돌려주었다. "정말 흥미로운 서명이네요."

잠시 두 사람 사이에 침묵이 흘렀다. 골똘히 생각에 잠겨 있던 어터슨이 먼저 입을 뗐다. "무슨 이유로 두 편지를 비교한 건가?"

"제 생각에는." 사무장이 대답했다. "정말 신기하게도 두 장의 편지에 적힌 필체가 굉장히 닮았습니다. 여러 가지 면에서 일치하는 부분이 많아요. 딱 하나, 한쪽 편지는 펜을 수직으로 세워 썼다는 점만 달라요."

"정말 기이한 일이로군." 어터슨이 말했다.

"제 생각에도 그렇습니다." 게스트가 대답했다.

"오늘 일에 대해서는 아무한테도 말하지 말게." 어터슨이 다시 말했다.

"네, 잘 알겠습니다."

그날 저녁, 어터슨은 혼자 남겨지자마자 금고 문을 열고 문제의 편지를 집어넣어 꼭 닫았다. 앞으로 금고 안에 그 편지를 보관할 것이다. "맙소사!" 어터슨이 외쳤다. "헨리 지킬이 살인자를 보호하기 위해 편지를 위조한 거라면!" 갑자기 어터슨은 온몸의 피가 차갑게 얼어붙는 것 같았다.

06
래니언 박사의 이상한 태도

시간은 계속 흘러갔다. 댄버스 경이 피살당한 사건이 대중의 분노를 사면서 하이드에게 수천 파운드에 달하는 현상금까지 걸렸다. 하지만 하이드는 세상에 존재하지 않던 사람처럼 경찰의 수사망에서 완전히 사라졌다. 하이드와 관련된 옛 이야기들도 하나둘 세상에 알려졌는데 하나같이 잔혹한 것들이었다. 잔인하고 난폭한 성격, 사악하게 살아온 인생과 정체를 알 수 없는 주변 무리까지 인생사가 수시로 들려왔다. 하지만 하이드의 근황에 대해서는 낭설조차 들리지 않았다. 댄버스 경을 무참히 살해하고 소호에 있는 집에 들른 이후로 살인자 하이드는 소리

소문 없이 사라져 버렸다. 차츰 시간이 흐르면서 어터슨도 안절부절 걱정하던 모습에서 벗어나 안정을 찾았다. 그가 생각하기에 댄버스 경의 죽음은 하이드라는 자를 세상에서 사라지게 한 것만으로 충분한 가치를 치른 셈이었다. 은둔자처럼 생활하던 지킬 박사도 사악한 자의 손아귀에서 벗어나고 새로운 삶을 시작했다. 다시 주변 친구들과 자주 어울리기 시작하면서 친근하고 사교적인 모습으로 돌아왔다. 예전에도 자선 활동을 많이 하기로 정평이 나 있었지만 지금은 종교 활동도 많이 한다고 소문이 났다. 항상 바쁘게 돌아다녔고 공식 석상에 자주 모습을 드러냈으며 선행에 앞장섰다. 봉사 활동을 내심 의식하는 것처럼 표정도 훨씬 밝아지고 환하게 바뀌었다. 그렇게 두 달 남짓 지킬 박사는 평온한 생활을 이어 나갔다.

1월 8일, 어터슨은 지킬 박사가 주최한 작은 파티에 초대를 받았다. 래니언도 그 자리에 있었다. 파티를 주최한 주인공은 두 친구의 얼굴을 번갈아 쳐다보면서 바늘과 실처럼 붙어 다니던 세 친구의 우정을 회고하는 듯했다. 그리고 어터슨이 찾아간 12일과 14일, 지킬 박사의 저택 문은 굳게 닫혀 있었다. "주인님께서 아무도 만나고 싶지 않으시답니다." 갈 때마다 집사

풀의 말만 돌아왔다. 다음 날인 15일에도 역시나 지킬 박사를 만나지 못했다. 지난 두 달간 하루가 멀다 하고 친구와 어울렸던 터라, 발길을 돌리는 어터슨의 마음도 덩달아 무거워졌다. 그로부터 오 일이 지난 저녁, 어터슨은 손님과 함께 저녁 식사를 하고 육 일째가 되던 날 래니언 박사의 집으로 찾아갔다.

다행히 래니언 박사는 어터슨의 방문을 거절하지 않았다. 하지만 박사의 집에 들어가는 순간 며칠 사이 확 달라진 그의 모습을 보고 놀라지 않을 수 없었다. 마치 죽을 날이라도 받아 놓은 사람처럼 얼굴이 확 변해 있었기 때문이다. 붉은 혈색이 돌던 얼굴은 창백하게 질려 있었고 살도 몰라보게 빠져 있었다. 머리카락도 눈에 띄게 빠져 훨씬 나이가 들어 보였다. 무엇보다 그를 놀라게 한 것은 겉으로 쇠약해진 모습보다 마음 속 깊은 곳까지 두려움이 자리 잡은 래니언 박사의 눈빛과 행동이었다. 래니언 박사 같은 사람이 죽음을 두려워하다니 정말 이해가 되지 않았다. 이런 생각도 들었다. '그래, 본인이 의사니 현재 자기 상태가 얼마나 심각한지, 앞으로 얼마나 살 수 있는지 알 테니까. 그 모든 것을 알면서도 초연하기란 힘든 일일 거야.' 어터슨이 그의 몰라보게 상한 얼굴을 언급하자 래니언 박사는 단호한 어조로 얼마 후면 자신은 죽을 몸이라고 대답했다.

"엄청난 쇼크를 받았네. 다시는 회복하지 못할걸세. 고작해야 몇 주 정도 남았을까. 지금까지 즐겁게 살았네. 그래, 행복했어. 나 역시 즐기면서 살려 노력했고. 우리가 세상 모든 지식을 알 수 있다면 죽을 때 훨씬 가벼운 마음으로 갈 수 있을 거라고 생각했다네."

"지킬도 몸이 좋지 않은 모양이더군." 어터슨이 말했다. "그 친구 만난 적 있나?"

순간 래니언 박사의 표정이 급변하면서 사시나무처럼 떨리는 손을 들며 말했다. "그 친구 얘기라면 더는 보고 싶지 않고 듣고 싶지도 않네." 그는 떨리는 목소리를 높이며 말을 이었다. "그 친구랑은 이제 끝났어. 세상에 없는 사람으로 생각하기로 했으니 그 친구 얘기는 제발 내 앞에서 하지 말아 주게나."

"이런." 어터슨은 혀를 차고 말없이 한참을 앉아 있었다. "내가 도울 일이 없겠나? 우리 세 사람은 오랜 친구가 아닌가. 래니언, 우리 우정이 이대로 깨진다면 어떻게 살겠나." 어터슨이 어렵사리 물었다.

"자네가 할 수 있는 일은 아무것도 없어." 래니언의 차가운 대답이 돌아왔다. "그 친구한테 물어보게."

"나를 피하는 눈치더군." 어터슨이 말했다.

"그리 놀라운 일도 아니야." 래니언이 답했다.

"어터슨, 내가 죽고 나면 이번 일이 누구의 잘못인지 자네가 판단해야 할 날이 올걸세. 난 아무 말도 할 수가 없어. 여기 앉아서 다른 얘기나 나눌 거라면 계속 있어도 좋네만. 그 저주받은 자의 이름을 입에 올릴 거라면 제발 부탁이니 돌아가 주게나."

집에 돌아온 어터슨은 곧바로 책상에 앉아 지킬 박사에게 편지를 썼다. 집까지 찾아갔는데도 만나지 않은 것에 대한 불만을 언급한 후, 래니언 박사와 불화가 생긴 연유에 대한 답변을 요구했다. 바로 다음 날, 지킬 박사가 장문의 편지를 보내왔다. 자신의 처지를 비관하는 단어가 수두룩하게 적혀 있었고 도저히 이해할 수 없는 내용도 군데군데 있었다. 래니언과의 관계는 다시 되돌릴 수 없는 모양이었다. '오랜 친구를 비난하고 싶지 않네.' 지킬 박사의 대답이었다. '하지만 다시는 만나서 안 된다는 그 친구의 말에 동감하네. 이제부터 나는 최대한 은둔 생활을 할 생각이야. 그렇다고 우리 우정을 의심하지는 말아 주면 좋겠네. 자네가 찾아와도 만나지 않을 생각이니 너무 놀라지 말게. 어두운 길로 가는 나에게 조언을 해 주고 싶겠지. 하지만 이는 도저히 입에도 올릴 수 없는 커다란 위험을 자초한 나 스스로에게 주는 벌이네. 내가 큰 죄를 저지른 것은 사실이네만 또 나 자신이 가장 큰 피해자이기도 하거든. 이 세상이 이렇게 고통스럽고 무서운 곳인지 예전에 미처 깨닫지 못했다네. 어터슨, 자네가 무거운 나의 짐을 덜어 줄 유일한 길은 나의 침묵을 존중해 주는 것밖에 없네.' 어터슨은 깜짝 놀랐다. 하이드의 어두운 그림자에서 벗어난 후로 지킬 박사는 전처럼 선행에 앞장서고 주변 사람들과도 잘 어울렸다. 불과 일주일 전까지만 해도 평온하고 즐거운 중년을 보낼 거라 확신했었는데. 헌데 한순간에 우정과 마음의 평온, 삶의 전반적인 기세가 완전히 꺾여 버린 것이다. 이렇게 갑자기 예기치 못한 변화가 찾아오다니. 어터슨은 지킬 박사가 미쳤는지 의심할 정도였다. 하지만 래니언 박사의 태도로 보면 분명 이런 사태가 벌어진 데에는 뭔가 깊은 문제가 있는 것이 분명했다.

그로부터 일주일 후, 래니언 박사는 병석에 누웠고 그 후 보름도 지나기 전에 세상을 떠났다. 장례식을 치르고 시름에 잠긴 어터슨은 사무실로 돌아와 문까지 잠그고 있었다. 사무실을 밝히고 있는 촛불마저 우울하게 빛났다. 어터슨은 책상에 앉아 세상을 떠난 친구가 직접 쓰고 단단히 봉인한 편지를 집었다. '밀서 : J.G. 어터슨 말고 아무도 읽지 말 것. 만약 편지가 도착하기 전 어터슨이 사망했을 경우 즉시 파기하시오.' 편지 봉투에는 위와 같은 문장이 큼지막하게 적혀 있었다. 어터슨은 편지를 읽는 것조차 겁이 났다. "오늘 오랜 친구 하나를 잃었는데, 이 편지를 읽고 나서 다른 친구까지 잃는다면 어쩐다?" 하지만 편지를 읽지 않으면 우정을 배신한다는 생각이 들어 용감하게 편지를 꺼냈다. 봉투 안에는 봉인이 된 또 다른 편지가 들어 있었다. 그 위에는 '지킬 박사가 세상을 떠나거나 실종되기 전에 절대 개봉하지 말 것'이라고 적혀 있었다. 그렇다. '실종'이라는 단어가 또다시 등장한 것이다. 예전에 지킬 박사의 유언장에서 보았던 '실종'이라는 단어가 다시 지킬 박사의 이름과 함께 봉투 겉면에 적혀 있었다. 그렇지만 유언장에 적힌 내용은 사악하기 짝이 없는 하이드의 협박 때문에 비롯된 것으로, 명백히 무시무시한 목적을 가진 것이었다. 반면 래니언이 직접 '실종'이라는 단어를 적은 것은 대체 어떤 의미일까? 편지를 보관하는 입장인 그에게 순간 엄청난 호기심이 발동했다. 그는 편지에 적힌 문구를 무시하고 미스터리한 사건의 심연을 들여다보고 싶은 충동에 휩싸였다. 하지만 변호사로서의 명성과 세상을 떠난 친구에 대한 우정을 떠올리며 편지를 다시 봉투에 넣고 개인 금고 안에 집어넣었다.

호기심을 채우는 것과 이를 극복하는 것은 전혀 다른 문제였다. 그날 이후로 어터슨은 예전처럼 지킬 박사와 친밀한 관계를 계속 이어나갈지 고민에 빠졌다. 친구를 아끼는 마음은 전과 같았지만 이유를 알 수 없이 불안하고 걱정이 되었다. 지킬 박사의 집에 찾아갔지만 문전박대를 당하고 돌아오면서 안도감을 느꼈을지도 모른다. 아무리 생각해도 추측할 수 없는 이유로 은둔에 들어간 친구와 대화를 나누는 것보다 오히려 확 트인 바깥 공기를 맡으며 현관 앞에서 집사와 짧게 인사하는 것이 더욱 다행이다 싶었다. 사실 집사인 풀도 달리 전할 좋은 소식이 없는 듯했다. 요즘 들어 지킬 박사는 눈에 띌 정도로 실험실 윗방에 틀어박혀 지내는 모양이었다. 가끔은 거기서 잠까지 잔다고 했다. 지킬 박사는 더욱 기운을 잃어가며 말수도 적

어지고 독서도 멀리했다. 뭔가 그의 마음을 불편하게 만드는 것이 있는 것 같았다. 매번 똑같은 소식을 전해 듣자 점차 지킬 박사의 집을 찾는 어터슨의 발걸음도 뜸해졌다.

07
창가에서 목격한 사건

어터슨은 여느 때처럼 엔필드와 함께 일요일 산책에 나섰다. 두 사람은 우연히 하이드의 집이 있는 골목으로 접어들었다. 그리고 그의 집 문 앞에 도착하자 걸음을 멈추고 가만히 그곳을 바라보았다.

"그 사건은 이대로 끝날 모양이군. 이제 다시 하이드라는 사람을 볼 수 없겠지." 엔필드가 말했다.

"나도 그러길 바라네. 내가 그자의 얼굴을 보고 자네가 말한 끔찍한 기분을 느꼈다고 얘기했던가?" 어터슨이 물었다.

"그건 누구라도 똑같을걸세. 헌데 이쪽 길이 지킬 박사의 집으로 이어지는 뒷골목인 줄 몰랐다니. 자네도 나도 눈 뜬 장님이었지 뭔가. 결국 알기는 했지만 자네가 실수했네."

"어쨌든 알았으니 된 거 아닌가." 어터슨이 대답했다.

"그건 맞는 말이네만 여기까지 온 김에 지킬 박사의 집 쪽으로 가 창문이라도 들여다보세. 그 친구 생각만 하면 마음이 편치 않아서 말이야. 밖에서 지켜보더라도 친구가 있다는 사실을 알면 조금이나마 위로가 되지 않을까 싶어."

지킬 박사의 집 안뜰은 냉기가 돌고 다소 축축했다. 머리 위 하늘에는 해가 졌어도 환한 기운이 가득했지만 안뜰에는 서서히 어둠이 내리고 있었다. 세 개의 창문 중 가운데 하나가 반쯤 열려 있고 바로 옆에 지킬 박사가 마치 감옥에 갇힌 죄수처럼 앉아 구슬픈 표정으로 크게 숨을 들이마시고 있었다. 어터슨은 그런 지킬 박사의 모습을 발견했다.

"맙소사, 지킬!" 어터슨이 외쳤다. "좀 괜찮아진 건가!"

"너무 기운이 없네, 어터슨." 지킬 박사가 쓸쓸한 목소리로 대답했다. "별로 좋지 않아. 다행히 그리 오래갈 것 같지는 않네. 하나님, 감사합니다!"

"너무 집 안에 틀어박혀 있어서 그런 것일세. 우리처럼 가끔 산책이라도 하면 기분 전환에 도움이 될 거야." 어터슨이 말했다. "이쪽은 내 친척인 엔필드라네. 엔필드, 저 친구가 바로 지킬 박사일세. 지킬, 얼른 모자만 쓰고 나오게. 우리랑 같이 산책이라도 하지 그러나."

"자넨 정말 친절한 친구야. 나도 정말 그러고 싶네. 하지만 그럴 수 없어. 그래, 감히 그럴 순 없네. 어찌됐건 이렇게 자네를 보게 되어 얼마나 기쁜지 몰라. 정말 다행이야. 자네와 엔필드 씨를 초대하고 싶지만 이 방이 워낙 협소해서 말이야."

"자네 생각이 그렇다면." 어터슨이 다정하게 대답을 이어 나갔다. "이렇게라도 잠시 자네와 이야기를 나누는 것이 제일 좋은 방법이겠군."

"안 그래도 그렇게 하자고 자네한테 청할 생각이었네." 지킬 박사가 미소를 지으며 대답했다. 하지만 그 말이 끝나기 무섭게 박사의 얼굴에서 미소가 사라지고, 공포와 절망으로 얼룩진 일그러진 표정이 드리웠다. 창문 밖에서 그 모습을 지켜보던 두 사람은 등골이 오싹해졌다. 곧바로 창문이 닫혔기 때문에 지킬 박사의 얼굴을 본 것도 잠시뿐이었지만 그것만으로 사태의 심각성을 파악하기엔 충분했다. 두 사람은 그대로 발길을

돌렸고 서로 아무 말도 하지 않았다. 그렇게 말없이 뒷골목을 가로질러 한참을 걸었다. 일요일에도 분주하게 거리를 오가는 사람들이 가득한 거리로 나오고 나서야 비로소 어터슨이 친구를 쳐다보았다. 두 사람의 얼굴은 하얗게 질리고 눈빛에는 무시무시한 공포가 서려 있었다.

"하나님, 저희를 용서하소서. 부디 용서하소서." 어터슨이 중얼거렸다.

엔필드는 심각한 표정으로 가만히 고개만 끄덕이고 다시 말없이 걷기 시작했다.

08
마지막 밤

저녁 식사를 마치고 난롯가에 앉아 있던 어터슨은 갑작스러운 집사 풀의 방문에 적잖이 놀랐다.

"맙소사, 풀. 자네가 여기까지 웬일인가?" 그는 다시 한번 풀을 바라보며 물었다. "도대체 무슨 일이야? 혹시 지킬 박사가 아프기라도 한 건가?"

"어터슨 나리, 뭔가 잘못된 것 같습니다."

"이쪽으로 앉게. 여기 와인부터 한잔 들어." 어터슨이 말했다. "일단 숨부터 돌리고 무슨 일 때문에 온 건지 말해 보게."

"나리께서도 박사님이 어떤 분인지 잘 아실 겁니다. 요즘 방 안에만 계시고 아무도 만나지 않으시는 것도요. 헌데 또다시 방 안에서 나오지 않고 계십니다. 저는 주인님이 그렇게 혼자 계시는 것이 싫습니다. 그걸 좋아하느니 차라리 죽어 버리지요. 나리, 저는 정말 두렵습니다."

"풀, 자네 마음 충분히 이해하네. 그래, 정확히 뭐가 두렵다는 건가?"

"벌써 일주일째입니다." 풀은 어터슨의 질문에도 아랑곳하지 않고 자기 말만 계속했다. "이제 더는 못 견디겠어요."

집사의 모습은 그의 말이 진심이라는 것을 그대로 보여 주었다. 시간이 갈수록 더욱 침울한 표정으로 바뀌고 처음 두려움을 고백하던 때를 제외하고 한번도 어터슨의 얼굴을 쳐다보지 않았다. 지금까지도 와인 잔을 무릎에 올리고 입도 대지 않은 채 방바닥 한구석에 시선을 고정하고 있었다. "더는 못 견디겠습니다." 풀이 다시 말했다.

"자, 자네가 이러는 데 뭔가 이유가 있다고 생각하네. 나 역시 뭔가 잘못되었다고 느낄 정도니까. 이제 왜 이러는 건지 정확한 이유를 말해 보게나."

"제 생각에는 주인님께서 큰 변을 당하신 것 같습니다." 풀이 잔뜩 가라앉은 목소리로 대답했다.

"변을 당하다니!" 어터슨이 화들짝 놀라 소리쳤다. 대체 무슨 일인지 정확히 대답을 하지 않아 나는 짜증도 한몫했다. "대체 무슨 변을 당했다는 건가?"

"감히 입에 올릴 수도 없습니다." 집사의 대답이 이어졌다. "부탁컨대 나리께서 저와 함께 가 주시면 안 될까요?"

어터슨은 대답 대신 그 자리에서 일어나 모자와 외투를 챙겼다. 그 순간 집사의 얼굴에 무한한 안도감이 퍼지는 것을 보고 변호사는 내심 놀랐다. 그보다 놀라운 것은 어터슨이 권한 와인에 입도 대지 않고 기다렸다는 듯 자리에서 일어나는 모습이었다.

3월답게 스산하고 매서운 바람이 부는 밤이었다. 창백하게 빛나는 달은 바람에 흔들려 반쯤 등을 대고 누웠고, 하늘 위에 떠 있는 구름은 속이 훤히 비치는 얇은 하얀 천처럼 보였다. 워낙 바람이 세 대화를 나누기 힘들 정도였다. 추운 날씨 탓에 얼굴까지 하얗게 질렸다. 차가운 바람이 거리를 한바탕 쓸고 지나간 듯 평소와는 달리 인적조차 뜸했다. 어터슨은 이렇게 한산하고 황량한 런던의 모습은 처음 보는 것 같았다. 그는 난생 처음 사람들이 한두 명이라도 근처에 있길 바랐다. 끔찍한 재앙이 벌어진 것 같은 예감을 도저히 떨쳐 버릴 수 없었기 때문이다. 어터슨과 풀이 광장에 도착했을 무렵, 차가운 먼지바람이 거세게 불어오고 정원에 있는 가느다란 나뭇가지들은 바람에 휩쓸려 반쯤 휘어졌다. 아까부터 어터슨보다 한두 걸음 앞서가던 집사가 갑자기 인도 한가운데 멈추어 섰다. 온몸이 떨릴 정도로 추운 날씨였지만 집사는 모자를 벗고 붉은 수건을 꺼내서 이마에 흐르는 땀을 닦아 냈다. 빠르게 걸어서가 아니라 숨이 막힐 듯한 고민거리 때문에 땀이 나는 것이었다. 그도 그럴 것이 집사의 얼굴은 하얗게 질려 있었고 입을 열 때마다 잔뜩 쉬고 거친 목소리가 이어졌다.

"어터슨 나리, 드디어 도착했습니다. 하나님, 부디 주인님이 무사하도록 도와주십시오."

"아멘." 어터슨이 말했다.

집사는 조심스럽게 현관문을 두드렸다. 문이 열렸지만 안쪽에 걸쇠가 걸려 있었다. 집 안에서 하인의 목소리가 들려왔다. "집사님이세요?"

"그래, 얼른 문을 열게." 풀이 대답했다.

어터슨과 풀이 집 안에 들어서니, 난롯불이 활활 타올라 거실을 환하게 밝히고 하인들은 남녀 할 것 없이 양 떼처럼 다닥다닥 붙어 있었다. 어터슨을 보자 하녀 하나가 깜짝 놀라 몸을 움찔거렸다. 요리사는 "하나님, 감사합니다! 어터슨 씨를 보내 주셨군요."라고 외치며 두 팔을 벌리고 달려왔다.

"대체 무슨 일인가? 왜 다들 모여 있는 건가?" 어터슨이 언짢은 말투로 물었다. "이런 광경은 처음 보는군. 주인이 이런 꼴을 보면 뭐라고 하겠나?"

"다들 겁이 나서 모여 있는 겁니다." 풀이 대답했다.

무거운 침묵이 이어지고 아무도 이의를 제기하지 않았다. 낮게 흐느끼던 하녀가 소리를 높여 울기 시작했다.

"조용히 해!" 풀이 날카로운 목소리로 다그쳤다. 굉장히 신경이 날카로운 모양이었다. 어떤 하녀가 갑자기 큰 소리로 신세 한탄을 하자 다들 소스라치게 놀라 거실 안쪽 문을 바라보았다. "가서 양초 하나 가져와." 집사가 허드렛일을 하는 꼬마에게 말했다. "당장 들어가서 사태를 수습해야 하니까." 풀은 어터슨에게 동행해 달라고 청하고 먼저 뒤뜰로 발걸음을 향했다.

"나리, 최대한 발소리를 낮춰 주셨으면 좋겠습니다. 주변 소리도 잘 들으셔야 하고요. 우리 움직임을 저쪽에서 눈치채지 못했으면 싶어서요. 혹여 주인님께서 나리가 오신 것을 알고 들어오라고 하시더라도 절대 들어가지 마십시오."

전혀 예상치 못했던 말에 어터슨은 신경이 곤두서 금방이라도 균형을 잃고 쓰러질 것 같았다. 하지만 최대한 용기를 내 집사의 뒤를 따라 실험실이 있는 건물로 들어갔다. 그리고 나무 상자와 유리병들이 늘어선 해부실을 지나서 계단 앞에 도착했다. 집사가 한쪽으로 물러서라고 손짓을 하자 어터슨은 물러서 가만히 귀를 기울였다. 잠시 후, 풀은 양초를 바닥에 내려놓고 단단히 결심을 한 듯 계단을 하나씩 오르기 시작했다. 그리고 떨리는 손으로 붉은 모직 천으로 덮인 문을 두드렸다.

"주인님, 어터슨 씨가 오셨습니다." 그리고 재빨리 어터슨에게 방에서 들리는 소리를 들어 보라고 손짓을 했다.

방 안에서 목소리가 대답했다. "지금은 아무도 만날 수 없다고 전하게." 잔뜩 골이 난 목소리였다.

"잘 알겠습니다." 집사는 대단한 일을 해냈다는 투로 대답했다. 그리고 다시 양초를 들고 어터슨과 함께 뒤뜰을 지나 부엌으로 돌아왔다. 어두운 부엌 바닥에 딱정벌레들이 여기저기 기어 다니고 있었다.

"나리, 주인님 목소리가 어떻게 들리던가요?" 풀이 두 눈을 크게 뜨고 물었다.

"많이 달라진 것 같더군." 어터슨이 하얗게 질린 얼굴로 집사를 보며 대답했다.

"나리 생각도 그러신가요? 저 역시 그렇게 생각합니다." 집사가 말했다. "주인님을 모신 지 벌써 이십 년째인데, 제가 목소리 하나 제대로 구분 못할까요? 그럴 리 없지요. 주인님이 변을 당하신 게 분명합니다. 팔 일 전인가, 주인님께서 큰 소리로 하나님을 부르시더군요. 저희 모두 똑똑히 들었습니다. 대체 누가 무슨 이유로 주인님 행세를 하는지 모르겠지만, 바로 그날 주인님이 변을 당하신 게 분명합니다, 나리."

"정말 이상한 이야기로군, 풀. 아무리 생각해도 앞뒤가 맞지 않아." 어터슨이 손톱을 물어뜯으며 이렇게 말했다. "그래, 만일 자네가 생각하는 것처럼 지킬 박사가 변을 당했다고 생각해 보세. 그렇다면 살인자가 왜 그 방에서 나오지 않고 있겠나? 아무래도 말이 되지 않네. 이치에 맞지 않아."

"나리, 제 말을 못 믿으시는 모양이군요. 아직 말씀드리지 않은 게 있습니다. 지난주 내내, 저 방에 있는 놈, 아니, 사람이 밤낮을 가리지 않고 무슨 약이 필요하다고 외치더군요. 헌데 그 약을 찾지 못한 모양입니다. 때때로 주인님이 한 것처럼 필요한 것을 적은 종이를 계단에 올려 두더군요. 일주일 동안 저희가 한 일이라곤 그 종이에 적힌 것을 구해다 놓는 게 다였습니다. 항상 문은 닫혀 있고 종이만 달랑 계단에 놓여 있었다고요. 방문 앞에 식사를 가져다 두면 저희가 보지 않을 때 가지고 들어가더군요. 하루에도 몇 번씩 필요한 물건을 구해 오라는 쪽지가 나오고 자기 뜻대로 되지 않으면 온갖 불평불만을 적어서 내놓습니다. 덕분에 저는 런던에 있는 약재 도매상을 이 잡듯이 뒤지고 다녔지요. 약재를 구해 가져다 놓으면 그게 아니라고, 다시 물건을 돌려주고 새로 구해 오라는 쪽지를 적어 놓더군요. 대체 그 약재를 어디에 쓰는지 모르겠지만 매우 다급하게 필요한 모양이었습니다."

"그 쪽지들을 보관해 두었나?" 어터슨이 물었다.

풀은 주머니를 뒤져 구겨진 쪽지를 내밀었다. 어터슨은 양초 가까이 고개를 숙이고 종이에 적힌 내용을 유심히 들여다보았다. '지킬 박사가 모씨에게 감사를 전합니다. 지난번 보내 주신

샘플은 박사가 필요로 하는 것과 품질이 달라 제대로 사용하기 힘들 것 같습니다. 18xx년, 귀하로부터 많은 양의 재료를 구입한 바 있습니다. 다시 한번 부탁드리건대, 최대한 주의를 기울여 당시 제공해 주었던 것과 동일한 품질의 재료를 찾아 보내 주시길 바랍니다. 혹시 그때 남은 그 재료를 발견한다면 언제든 이쪽으로 보내 주시기를 청하는 바입니다. 비용은 얼마가 들던 상관없습니다. 이번 주문은 지킬 박사에게 굉장히 중요한 문제라는 점을 기억해 주시기 바랍니다.'

이 시점까지는 글에 일관성이 있는가 싶더니 후반부에 가서 갑자기 감정이 격해져 내용이 빗나가는 듯했다. '제발 부탁이니, 예전에 구해 주었던 약을 보내 주시오.'

"참으로 이상한 내용이로군." 어터슨이 날이 선 어조로 물었다. "자네는 어쩌다 이 편지를 읽어 볼 생각을 한 건가?"

"모씨의 약재상에서 일하는 직원이 편지를 읽고 나서 화를 내며 쓰레기 던지듯 제게 집어 던지지 뭡니까?" 집사가 대답했다.

"이건 지킬 박사의 글씨체와 정확히 일치하는군. 자네도 알아보겠나?" 어터슨이 다시 물었다.

"그런 것 같군요." 집사가 뚱한 목소리로 대답했다. 그리고 갑자기 목소리가 바뀌더니 말을 이었다. "하지만 저는 그 사람의 얼굴을 똑똑히 봤습니다!"

"얼굴을 봤다고?" 어터슨이 되물었다. "어떻던가?"

"정말입니다! 설명드리지요. 정원에 있다 갑자기 실험실 쪽으로 들어간 적이 있습니다. 헌데 그자가 실험실에서 약인지 뭔지를 찾고 있더군요. 방문을 활짝 열어 놓고 실험실 구석에 있는 나무 상자를 마구 뒤지고 있었거든. 저를 보자마자 큰소리로 고함을 치고 쏜살같이 계단을 올라가 방으로 들어갔습니다. 고작 일 분 정도 마주쳤지만 머리카락이 곤두서는 것 같았습니다. 나리, 만약 그자가 주인님이라면 왜 얼굴에 가면을 쓰고 있었겠습니까? 주인님이었다면 그렇게 고함을 지르며 쥐새끼처럼 도망칠 이유가 없지 않겠습니까? 이십 년 가까이 주인님을 모셨습니다. 그런데……." 집사는 말문을 잇지 못하고 양손으로 얼굴을 감쌌다.

"자네 얘기를 듣고 보니 미심쩍은 점이 한둘이 아니군." 어터슨이 대답했다. "이제 실마리가 하나둘 풀리는군. 풀, 자네 주인은 매우 심각한 병에 걸린 것이 분명해. 엄청난 고통과 함께

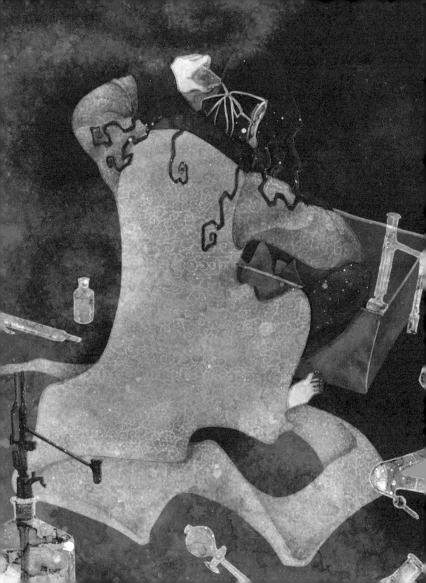

병에 걸린 사람의 외향마저 흉측하게 만드는 병 말일세. 물론 의학적인 부분에 대해서 잘 모르지만, 그래서 목소리도 이상하게 변하고 얼굴을 가리기 위해 가면을 쓰고 다니며 친구들까지 피했던 모양이야. 미친듯이 약재상을 뒤진 것도 어떻게든 병을 회복하기 위한 마지막 수단을 찾기 위해 그랬을 테고. 제발 하나님께서 그 친구의 소망을 이뤄 주시길! 내 생각은 그렇다네. 정말 슬픈 일이군. 풀, 생각만 해도 소름이 끼치는 일이야. 하지만 이렇게 생각해야만 앞뒤가 맞지 않겠나. 자네도 이제 너무 걱정하지 말게."

"나리." 집사가 하얗게 얼굴이 질려 말을 이었다. "그자는 분명히 주인님이 아닙니다. 그게 진실이라고요. 주인님은……." 집사는 잠시 말을 멈추고 주위를 둘러보았다. "저희 주인님은 체격도 건장하고 키도 큰 편인데, 그자는 난쟁이처럼 땅딸한 체구였단 말입니다." 어터슨이 반박하려고 들자 집사가 다시 한번 목소리를 높이며 말했다. "나리, 설마 이십 년 동안 주인님 수발을 들어온 제가 주인님을 알아보지 못할 거라 생각하시는 겁니까? 매일 아침마다 주인님 방에 들락거렸는데 주인님 키가 방문 어디쯤 닿는지 모르겠습니까? 절대 아닙니다! 나리, 그 가면을 쓰고 있던 자는 지킬 박사님이 아닙니다. 누구인지는 하나님만 아시겠죠. 하지만 절대로 우리 주인님은 아닙니다. 제 마음속 깊은 곳에서 저희 주인님이 그자의 손에 살해당했다고 믿고 있습니다."

"풀, 그렇게까지 말하는 것을 보니 이번 일의 진위를 밝히는 것은 나의 책임인 것 같군. 지킬 박사의 친구로서도 그렇고 방금 읽은 쪽지로 보면 분명 그 친구가 살아 있는 것 같아 나로서도 궁금할 따름이야. 이렇게 된 이상 저 방문을 부수고 들어가 확인을 해야겠어."

"아, 어터슨 나리. 백번 옳은 말씀이십니다!" 집사가 맞장구를 쳤다.

"그리고 두 번째로 묻고 싶은 게 있네." 어터슨이 말을 이었다. "누가 방문을 부수고 들어가는 것이 좋겠나?"

"당연히 나리와 제가 맡아야죠." 집사가 단호하게 대답했다.

"그거 좋은 생각이네." 어터슨이 말했다. "어떤 결과가 나오더라도 내가 모든 책임을 질 테니 자네는 하나도 걱정할 것 없어." "실험실 쪽에 도끼가 있습니다." 풀이 말했다. "나리께서는 부엌에 있는 부지깽이를 드시는 게 좋겠습니다."

어터슨은 거칠고 묵직한 부지깽이를 잡았다. 워낙 무거워서 잠시 몸이 휘청거렸다. "풀, 자네 그거 아나? 우리가 지금 엄청난 위험을 무릅쓰고 있다는 사실을 말일세." 어터슨이 말했다.

"나리 말씀이 맞습니다, 정말 그렇지요." 집사가 대답했다.

"좋아, 그렇다면 우리 서로 솔직해지세. 우리는 지금까지 나눈 이야기보다 더 많은 것을 알고 있어. 하나도 숨김없이 서로 털어놓기로 하지. 자네, 혹시 그 가면을 쓴 자가 누구인지 알겠나?"

"글쎄요, 워낙 재빨리 도망친 데다 몸을 숙이고 있어서 제대로 보지 못했습니다. 하지만 나리께서 하이드라는 자를 염두에 두고 계신 거라면, 네, 저도 그렇다고 생각합니다. 체구만 봐도 하이드가 분명합니다. 날쌘 몸놀림도 그렇고, 게다가 주인님 실험실에 마음대로 드나들 수 있는 사람은 하이드 말고 없지 않습니까? 예전에 커루 경이 살해당하셨을 때에도 그자가 열쇠를 가지고 있었던 것을 기억하시지요? 그뿐만이 아닙니다. 제가 잘 몰라서 그러는데, 혹시 나리께서도 하이드라는 자를 만난 적이 있으신가요?"

"한 번인가 얘기를 나누어 보았네."

"그렇다면 저희 집에서 일하는 하인들이 그자를 보고 소름끼쳤던 점에 대해서도 공감하시겠군요. 그게 뭔지 콕 집어 설명할 수는 없지만, 나리. 그 사람을 보면 정말 온몸이 서늘하고 오싹해집니다."

"나 역시도 자네와 똑같은 기분을 느꼈다네." 어터슨이 대답했다.

"나리, 정말로 그랬습니다." 풀이 대답했다. "그 가면을 쓴 자가 화학 약품 사이로 원숭이처럼 뛰어 방으로 올라가는 모습을 보고 온몸이 얼어붙는 듯했습니다. 아, 그렇다고 그자가 하이드라는 충분한 증거가 되지 않겠죠. 저도 책으로 읽어 그 정도는 압니다. 하지만 사람에겐 육감이 있지 않습니까? 하나님 이름을 걸고 맹세컨대 그자는 하이드가 분명합니다!"

"아, 그렇군." 어터슨이 대답했다. "나 역시 자네와 똑같은 생각을 하고 있다네. 그 악마 같은 자라면 충분히 살인을 저지르고도 남을 일이야. 나 역시 자네 말을 믿네. 아, 불쌍한 지킬. 하이드의 손에 살해를 당한 것이 분명해. 대체 왜 그런 짓을 했는지 하나님만 아시겠지. 그 살인자가 바로 저 방에 숨어 있을 게 분명해. 자, 그럼 우리도 복수를 하러 가세. 하인 브래드쇼를 불러 두게."

하인 하나가 집사의 호출을 받고 달려왔다. 얼굴이 사색이 되고 굉장히 겁을 먹은 표정이었다.

"브래드쇼, 정신 바짝 차리게." 어터슨이 말했다. "이번 일로 자네들 모두가 두려워하고 있다는 것을 알아. 하지만 어떻게든 이 문제를 해결해야 하지 않겠나. 여기 풀과 내가 박사의 방문을 부수고 들어갈거야. 만약 아무 문제도 없다고 밝혀지면 내가 모든 책임을 지겠네. 하지만 일이 잘못되거나 뒷문으로 도망칠 수도 있어. 그러니 십 분 내로 젊은 친구와 함께 몽둥이 하나씩 들고 실험실 뒷문 쪽에 숨어 있게."

브래드쇼가 자리를 떠나고 어터슨은 시계를 확인했다. "자, 이제 우리가 움직일 시간이 됐군." 어터슨은 부지깽이를 겨드랑이에 끼고 먼저 뒤뜰로 향했다. 달 위로 구름이 지나가 사방이 어두웠다. 건물 깊숙이 차가운 바람이 불어와 두 사람이 발걸음을 옮길 때마다 촛불이 이리저리 흔들렸다. 마침내 두 사람은 실험실 건물에 들어서 조용히 자리에 앉아 기다렸다. 사방으로 런던의 소음이 묵직하게 퍼졌다. 하지만 주변은 고요해 위층 방에서 서성거리며 움직이는 발자국 소리만 간간이 들릴 뿐이었다.

"나리, 하루 종일 저렇게 발자국 소리가 들린답니다." 풀이 속삭이듯 말했다. "보통 저녁에 저렇게 움직이는 모양입니다. 약재상에서 새로 샘플이 도착했을 때에는 한참 동안 조용하지요. 한시도 가만히 있지 못하는 것을 보면 양심의 가책을 느끼나 봅니다. 걸음걸음마다 사악한 피가 흐르는 것 같습니다. 자, 이쪽으로 가까이 와 귀를 기울여 들어 보세요. 나리, 저 소리가 지킬 박사님의 발소리와 비슷한가요?"

이리저리 움직이는 발소리는 가볍고 경쾌했다. 묵직하게 걸음을 내딛던 지킬 박사의 것과 사뭇 다르게 들렸다. 어터슨이 무거운 한숨을 내쉬었다. "저 소리 말고 다른 소리는 들리지 않던가?"

집사가 고개를 끄덕이며 말했다. "언젠가 한번은 우는 소리도 들었습니다!"

"울었다고? 어떻게 울던가?" 어터슨은 온몸이 공포로 얼어붙는 심정이었다.

"갈 곳을 잃은 영혼 같다고 할까, 여자처럼 펑펑 울더군요. 그 소리를 듣던 저까지 눈물이 왈칵 날 정도였습니다."

마침내 브래드쇼에게 일러두었던 십 분이 거의 다 되어 갔다. 풀은 포장용 짚더미 아래 있던 도끼를 꺼내 들었다. 문을 부술 때 주변을 밝히도록 촛불을 근처 탁자 위에 올려 두었다. 두 사람은 지킬 박사의 방 쪽으로 천천히 다가갔다. 고요한 밤공기 사이로 분주하게 움직이는 발걸음 소리만이 울려 퍼졌다.

"지킬!" 어터슨이 큰 소리로 외쳤다. "자네를 꼭 만나야겠네." 침묵만 흐르고 아무 대답도 들리지 않았다. "미리 경고하네만, 자네 행동이 여간 의심스러운 게 아닐세. 오늘은 꼭 자네를 봐야겠어." 어터슨이 계속 말을 이었다. "자네가 문을 열지 않겠다면 다른 방법을 동원할 수밖에 없어. 당장 열지 않으면 문을 부수겠네!"

"어터슨! 제발 이러지 말게!" 안쪽에서 목소리가 들렸다.

"아, 이건 지킬의 목소리가 아니야! 하이드의 목소리가 분명해!" 어터슨이 외쳤다. "풀, 당장 문을 부수게!"

풀은 도끼를 등 뒤로 넘겼다가 있는 힘껏 내리쳤다. 건물 전체가 흔들릴 정도의 힘이었다. 문에 걸려 있던 붉은 모직 천이 자물쇠와 경첩이 달린 곳까지 펄럭거렸다. 방 안에서 겁에 질린 동물이 내는 것 같은 울부짖음이 들려왔다. 연달아 도끼를 두 번 내리치자 판자가 깨지면서 문틀이 움직였다. 네 번째 도 끼질까지 했지만 나무판자는 쉽게 부서지지 않았다. 솜씨 좋은 목공이 만든 탓인지 나무틀이 너무 견고했다. 하지만 도끼를 다섯 번째 내리치자 자물쇠가 떨어져 나갔고 부서진 나무판자 가 방 안에 깔린 카펫 위로 우수수 떨어졌다.

두 명의 포위자는 한바탕 소란이 끝나고 정적이 흐르자, 겁에 질려 한 걸음 뒤로 물러나 방 안을 흘끔 쳐다보았다. 안에는 조 용히 빛을 발하는 등불 하나가 놓여 있었고 난롯가에서는 뜨거 운 불길이 후끈거리며 타오르고 있었다. 주전자에서는 하얗고 가느다란 연기가 피어올랐고 서랍 문이 여기저기 열려 있었다. 사무용 탁자 위에는 서류가 가지런히, 난롯불 근처에는 찻잔이 나란히 놓여 있었다. 누가 봐도 고요하기 짝이 없는 풍경이었 다. 온갖 화학 약품으로 가득 차 있는 장식장만 제외한다면 런 던에서 흔하게 볼 수 있는 방의 풍경이었다.

방 한가운데 한 남자가 온몸이 고통스럽게 비틀린 채로 쓰러 져 있었다. 발끝으로 몸을 뒤집자 에드워드 하이드의 얼굴이 드러났다. 평소 지킬 박사가 입던 옷을 헐렁하게 걸치고 있었 다. 얼굴이 실룩거려 겉보기에는 숨이 붙어 있는 것 같았지만

완전히 죽은 상태였다. 손에는 깨진 작은 유리병 하나를 쥐고 있었는데 아몬드 냄새가 심하게 나는 것으로 보아 청산가리를 마신 것이 분명했다. 어터슨은 눈앞에 있는 사람이 자살했다는 것을 직감했다.

"우리가 한발 늦었군." 어터슨이 엄숙하게 말했다. "하이드는 이미 죽었어. 이제 우리에게 남은 일은 자네 주인의 시신을 찾는 것이네."

건물의 대부분은 실험실로 사용하는 곳이었다. 위층 방에서 흘러나오는 불빛이 건물 내부를 희미하게 밝혔다. 박사가 사용하던 방은 2층 구석에 위치하고 있어 안뜰을 한눈에 내려다볼 수 있는 위치였다. 복도는 실험실로 길게 이어져 끝까지 가면 뒷골목으로 나가는 문이 나왔다. 그래서 지킬 박사의 방에서 계단을 내려가면 아무도 모르게 뒷골목으로 드나들 수 있었다. 건물에는 박사의 방과 실험실 말고도 몇 개의 방과 큼직한 창고가 있었다. 어터슨과 풀은 주변을 샅샅이 뒤졌다. 방도 하나하나 살펴보았지만 먼지가 자욱한 것으로 보아 오랫동안 사람이 드나들지 않은 게 분명했다. 지하에 있는 창고에는 지킬 박사가 외과 의사로 활동하던 때부터 사용하던 온갖 잡동사니들이 가득했다. 창고의 문을 여는 순간, 두 사람은 더 이상 뒤져 봤자 아무것도 나오지 않으리라는 것을 깨달았다. 몇 년 동안 창고 입구를 막고 있던 두툼한 거미줄이 후드득 떨어져 내렸기 때문이다. 지킬 박사가 살았는지 죽었는지 어디서도 흔적을 찾을 수 없었다.

풀은 복도를 발로 쿵쿵 차며 이렇게 말했다. "주인님을 바닥에 묻은 게 분명해요." 그는 바닥에 울리는 소리에 귀를 기울였다.

"아니면 도망쳤을 수도 있네." 어터슨은 뒷골목으로 이어지는 문을 유심히 살폈다. 문은 잠겨 있었다. 근처에서 열쇠를 찾았지만 오랫동안 사용하지 않아서인지 녹이 슬어 있었다.

"사용하긴 힘들 것 같은데." 한참 열쇠를 살펴본 후 어터슨이 말했다.

"맞습니다!" 풀이 맞장구를 쳤다. "여기 열쇠가 부서진 것이 보이시죠? 누가 일부러 밟아서 부순 모양입니다."

"아, 깨진 부분에도 녹이 슬어 있군." 어터슨이 대답했다. 두 사람은 겁에 질린 표정으로 서로를 쳐다보았다. "도무지 이해가 되지 않아. 일단 방으로 돌아가세." 어터슨이 말했다.

두 사람은 조용히 계단을 올라가 겁에 질린 표정으로 바닥에 쓰러져 있는 시신을 바라보고 방 안 구석구석을 철저히 수색했다. 탁자 모퉁이에 화학 실험의 흔적이 남아 있었다. 유리 접시 위에는 하얀 소금 뭉치가 크기별로 놓여 있었다. 불운의 사나이는 자신이 원하는 실험을 끝내지 못한 것이다.

"제가 약재상에서 구해 온 재료들이 분명합니다." 풀이 말했다. 순간 바로 옆에 있던 주전자가 시끄러운 소리를 내며 끓어 넘쳤다.

어터슨과 풀의 시선은 난롯가로 향했다. 거기에는 편히 쉬기 좋은 자리에 안락의자가 있었다. 바로 옆에는 차를 마실 수 있도록 설탕이 들어간 찻잔이 나란히 준비되어 있었다. 선반에는 여러 권의 책들이 놓여 있고, 그중 하나가 찻잔 옆에 펼쳐져 있었다. 어터슨은 책을 살펴보고 화들짝 놀랐다. 예전부터 지킬 박사가 찬양하던 신앙 서적이 분명했다. 하지만 하얀 여백 위에 지킬 박사의 필체로 온갖 불경스러운 단어들이 적혀 있었다.

방 안을 샅샅이 뒤지던 두 사람은 전신 거울을 들여다보고 공포에 질렸다. 그들 쪽으로 돌아 있는 거울에는 천장 위로 흔들리는 붉은 빛과 활활 타오르며 유리 기구를 비추는 불꽃 그리고 하얗게 질린 얼굴로 거울 속을 바라보는 두 사람만 비칠 뿐이었다.

"이 거울은 지금까지 벌어진 이상한 일을 전부 지켜보았겠죠, 나리." 풀이 나지막한 목소리로 말했다.

"이것보다 더 기이한 물건도 없을걸세." 어터슨 역시 나지막한 소리로 답했다. "대체 무슨 이유로 지킬이……." 어터슨은 자기도 모르게 튀어나온 단어에 깜짝 놀라 말을 멈추었다. 잠시 후 평정심을 되찾은 듯 이렇게 말을 이었다. "지킬은 대체 이 거울로 무엇을 하려던 것일까?"

"저도 그게 궁금합니다." 풀이 대답했다.

그다음으로 업무용 탁자를 살펴보았다. 가지런히 정리된 서류 뭉치 맨 위에 지킬 박사의 필체로 어터슨 이름이 적힌 커다란 봉투 하나가 놓여 있었다. 어터슨이 봉투를 열자 여러 장의 종이들이 바닥에 떨어졌다. 맨 첫 장에는 육 개월 전 지킬 박사에게 돌려주었던 유언장과 똑같은 내용이 적혀 있었다. 이는 지킬 박사가 사망 시에 유언장 대신으로, 실종될 경우 재산 양도 증서로 사용될 서류였다. 헌데 어터슨은 에드워드 하이드라고 적혀 있던 부분에 가브리엘 존 어터슨이라는 자신의 이름이 적혀 있어 소스라치게 놀랐다. 어터슨은 풀을 한 번 쳐다보고, 다시 유언장을 확인하고, 다시 마룻바닥에 누워 있는 악당을 바라보았다.

"갑자기 머리가 띵해지는군. 얼마 전까지만 해도 지킬 박사의 재산을 양도받을 사람은 바로 저자였네. 내 이름이 자기 이름 대신 적힌 것을 알았다면 기분이 좋지 않았겠지. 분명 상속인의 이름이 바뀐 것을 알고 엄청나게 화를 냈을걸세. 그런데 유언장을 그대로 두었다니 참으로 이상한 일이야."

어터슨은 두 번째 종이를 집어 들었다. 지킬 박사의 필체로 맨 위에 날짜가 적혀 있었다. "오, 맙소사! 풀!" 어터슨이 외쳤다. "자네 주인이 오늘까지 이곳에 있었던 게 분명해! 그 짧은 시간 안에 살해당했을 리 만무해. 분명 살아 있어. 아무래도 도망친 모양이야! 그런데 왜 도망쳤을까? 어떻게 도망쳤지? 그렇다면 하이드가 자살했다고 결론을 내려도 괜찮은 것일까? 아니, 아무래도 조심하는 편이 낫겠어. 괜히 경거망동했다가 자네 주인을 곤경에 빠트릴 수 있을 테니까."

"어떤 내용인지 읽어 보시지 그래요?" 풀이 말했다.

"괜히 걱정이 앞서는군." 어터슨이 심각한 투로 대답했다.

"오, 하나님. 제발 아무 문제가 없기를 바랍니다." 어터슨은 곧바로 편지 내용을 읽어 내려갔다.

친애하는 나의 벗, 어터슨.

이 편지가 자네 손에 들어갈 때면 나는 사라지고 없겠지. 앞으로 내가 어떤 상황에 처할지 전혀 알 길이 없네만, 지금 상황으로 볼 때 머지않은 미래에 끝을 맺으리라는 것을 본능으로 직감할 수 있어. 먼저 래니언이 자네에게 맡겨 놓는다던 편지부터 읽어 보게. 그 후에도 궁금증이 풀리지 않는다면 나의 고백을 읽어주길 바라네.

불행하고 쓸모없는 자네의 벗

헨리 지킬

"편지가 하나 더 남았나?" 어터슨이 물었다.

"나리, 여기 있습니다." 풀이 단단히 밀봉한 다른 봉투 하나를 내밀었다.

어터슨은 편지 봉투를 주머니에 넣으며 말했다. "방금 읽은 편지에 대해서 함구할 생각이네. 자네 주인이 도망을 쳤든 아니면 죽었든 간에 최소한 지킬 박사의 명성에 흠이 가지 않아야 할 테니까. 벌써 열 시가 다 됐군. 먼저 집에 가서 나머지 서류들을 조용히 읽어 보겠네. 자정이 되기 전까지 돌아오도록 하지. 그러고 나서 경찰에 신고를 하세."

두 사람은 실험실 문을 단단히 걸어 잠그고 밖으로 나섰다. 어터슨은 난롯가 주변에 옹기종기 모여 있는 하인들을 뒤로 한 채, 이번 사건의 단서인 두 통의 편지를 읽기 위해 천천히 사무실로 걸음을 옮겼다.

09
래니언 박사의 이야기

1월 9일 저녁, 지금으로부터 4일 전 얘기일세. 내 오랜 친구이자 동료인 지킬 박사가 우편으로 편지를 보냈더군. 평소 우편으로 편지를 주고받지 않아 꽤나 놀랐었지. 바로 전날 저녁에도 함께 식사를 하고 얘기를 나눴거든. 그렇게 형식적으로 서신을 주고받으면서 할 이야기가 도무지 없는 것 같아 당황했다네. 편지에 적힌 내용을 보고 그 의문은 더욱 커졌지. 다음이 바로 그 편지의 내용일세.

18xx년 12월 10일(래니언이 서두 부분에서 전날 밤 지킬 박사와

저녁 식사를 했고 바로 다음 날인 1월 9일 편지를 받았다고 언급했으니 위의 날짜는 12월 10일이 아닌 1월 9일이 되어야 옳을 것이다. 아마도 저자가 서둘러 원고를 작성하는 와중에 날짜를 12월 10일로 잘못 기재한 것으로 추정된다.)

친애하는 래니언

자네는 내 오랜 친구 중 하나일세. 물론 과학 문제에 이견을 내놓은 적은 있었지만 내 입장에서 우리 우정에 금이 갈 만한 일은 없었다고 생각하네. 만약 자네가 '지킬, 내 인생과 명예, 영혼이 자네 손에 달려 있네.'라고 말한다면 내 전 재산과 왼손까지 기꺼이 바쳐 자네를 도울 준비가 되어 있네. 래니언, 자네의 자비심에 나의 인생과 명예, 영혼이 달려 있어. 오늘 밤 자네가 도와주지 않는다면 나는 끝이야. 여기까지만 읽으면, 내가 자네에게 불명예스러운 짐을 지우려 한다고 오해할지도 모르겠네. 일단 얘기부터 듣고 판단하게나.

오늘 밤 일정을 전부 연기해 주길 바라네. 설사 황제의 침상에 초대를 받았더라도 말일세. 만약 자네 집 앞에 마차가 대기하고 있지 않다면 이 편지를 들고 아무 마차나 잡아타고 우리 집으로 즉시 와 주게. 집사 풀에게 사정을 설명해 두었네. 자네가 오면 풀이 열쇠공과 함께 기다리고 있을걸세. 실험실 문을 열고 들어오려면 열쇠공이 필요할 거야. 방 안에는 자네 혼자만 들어오길 바라네. 그리고 왼쪽에 있는 유리 장식장 중에서 'E'라고 적힌 문을 열게. 만약 자물쇠가 잠겨 있다면 부숴도 좋아. 그리고 위에서부터 네 번째 서랍장 그러니까 아래에서 세 번째에 있는 서랍을 통째로 꺼내게. 지금 정신이 혼미해 자네한테 제대로 알려주고 있는 것인지 모르겠군. 설사 내가 제대로 말하지 않더라도 자네는 알아서 내가 원하는 것을 찾아 줄 거라 믿네. 몇 가지 가루 약재와 약병 하나, 그리고 공책 한 권이 있을 거야. 방금 말한 것처럼 서랍 째로 내용물을 들고 캐번디시 광장으로 가 주게.

이게 내 첫 번째 부탁일세. 이제 두 번째 부탁이 남았네. 이 편지를 받고 즉시 출발했다면 아마도 자정 전에 돌아올 수 있을 거야. 혹여 예기치 못한 일이 생기거나 자네 하인들이 잠든 후가 더 편할 수도 있으니, 시간을 충분히 주겠네. 아무래도 그 편이 낫겠지. 자정 무렵에 자네 혼자 진료실에서 기다려 주게. 그러면 내가 보낸 사람이 찾아갈 것일세. 그 친구를 진료실로 들여 자네가 가져온 서랍을 그대로 넘겨주면 되네. 여기까지만 해 준다

면 자네는 내 청을 모두 들어준 셈이야. 제발 내 간청을 들어주면 고맙겠네. 왜 이런 부탁을 하는지 꼭 알아야겠다면, 오 분만 기다리게. 그러면 이번 일이 얼마나 중요한 일인지 알게 될 테니까. 만약 내 부탁이 너무 기이해서 일러 준 대로 행동하지 않는다면 내가 죽거나 혹은 이성을 잃은 모습을 보게 될걸세. 그러면 자네도 양심의 가책을 느낄 수밖에 없겠지.

자네라면 내 부탁을 등한시하지 않으리라고 믿네. 하지만 혹시라도 그런 일이 생길까 심장이 덜컹 내려앉고 두 손이 바들바들 떨리는군. 부디 지금 이 순간에도 어둠에 쌓여 고통받는 내 입장을 헤아려 주게. 만약 자네가 나의 청을 들어준다면 지금 내가 겪는 고통들을 오래 묵은 시시한 농담처럼 느낄 날이 오겠지. 친애하는 래니언, 부디 나의 청을 들어주길 바라네. 자네의 오랜 친구를 살려 주게.

자네의 벗 헨리 지킬

추신 : 막상 편지를 봉인하니 새로운 걱정거리가 생기는군. 만약 내 예상과 달리 우체국에서 내일 아침까지 자네에게 편지를

전달하지 못할 수도 있지 않나. 래니언, 그런 일이 생긴다면 내일 자네가 가장 한가한 시간에 내 부탁을 들어주게나. 물론 그때는 너무 늦었을 수도 있어. 만약 자정에 내가 보낸 사람이 찾아오지 않는다면 자네가 알던 헨리 지킬은 끝난 거라고 생각하게.

지킬이 보낸 편지를 읽고 이 친구가 드디어 실성을 했구나 싶더군. 그렇지만 모든 일이 분명해지기 전이니 우선 그 친구의 청을 들어줘야겠다 싶었지. 너무 황당한 부탁이라 도무지 이해가 되지 않았네. 정말 중요한 일인지 판단하기도 힘들었지. 그렇지만 지킬의 간청을 무시하면 죄책감을 느끼겠다 싶었어. 그래서 편지를 읽고 곧장 사무실을 나서 마차를 타고 지킬의 집으로 향했네. 편지에 적힌 대로 집사가 기다리고 있더군. 나처럼 편지를 받았다며 내가 도착하자마자 열쇠공과 목수를 불렀지. 잠시 집사와 얘기를 나누고 있으니 사람들이 도착하더군. 우리 네 사람은 지킬이 덴먼 박사의 상속자로부터 사들인 건물로 향했네. 그리고 실험실 쪽으로 들어갔지. 자네도 알겠지만 지킬의 방으로 들어가려면 그쪽이 가장 편하니까. 목수가 하는 말이 문이 워낙 견고하고 자물쇠도 단단히 채워져 있어서 문을 부수는 것은 생각보다 어려운 작업일 거라더군. 열쇠공은 그 이야기를 듣고 무척 고민하더니 두 시간 정도 진땀을 빼다가 겨우 문을 열었어. 나는 지킬이 시킨 대로 'E'라고 적힌 유리장의 자물쇠를 따고 서랍을 통째로 꺼내 짚을 채워 천으로 돌돌 말아 캐번디시 광장의 집으로 돌아왔네.

집으로 돌아온 후에 서랍장에 있는 물건을 확인해 보고 싶더군. 살펴보니 가루는 곱게 빻았지만 전문가가 다룬 것 같지 않았어. 지킬 그 친구가 직접 빻은 것 같았지. 포장지를 열어 보니 하얀 소금 같은 알갱이가 들어 있더군. 유리병 안에는 피처럼 붉은 액체가 반 정도 들어 있었어. 코끝을 찌를 정도로 냄새가 지독해 인과 휘발성 에테르가 섞인 것 같았지. 다른 재료들은 나로서도 예측하기 힘들었네. 서랍 속 책에는 특이할 내용은 없고 날짜들만 적혀 있었네. 몇 년 동안 기록한 것 같더군. 자세히 보니 일 년 전부터 갑자기 뜸해진 것 같았어. 날짜 아래에는 짧은 메모가 적혀 있었는데, 대부분 한 단어 정도였네. 수백 개의 메모 중에서 대여섯 번 정도 '두 배'라는 단어가 눈에 띄었고 초반에는 '완전히 실패!!!!'라고 메모 뒤에 느낌표를 여러 개 찍어 놓았어. 공책을 읽을수록 호기심이 발동했지만 아무리 읽어도 결정적인 단서를 찾을 수 없었지. 생약에 알코올을 섞어 만든 액체가 든 유리병 하나와 소금이 든 포장지, 그리고 지킬이 지금까지 해 온 실패한 실험 관련 메모가 전부였으니까. 내가 가져온 이 하찮은 물건들이 어떻게 정신 나간 친구의 명예와 영혼, 그리고 인생을 좌우한다는 것인지 의문이 들었다네. 그 친구가 은밀히 보낸다는 사람을 곧바로 실험실로 보내도 되는 일이 아닌가? 아니, 그 점이야 그렇다고 치더라도, 왜 하필 비밀스럽게 그자를 만나야 하는 건지 이해가 되지 않았네. 그렇게 생각을 거듭하다 보니 지킬 그 친구가 실성한 게 분명하다는 확신이 들더군. 그래서 나는 하인들을 일찍 잠자리에 들게 하고 혹시나 모를 내 몸을 지켜야 하는 상황에 대비해 낡은 권총을 준비했네.

자정을 알리는 종소리가 런던에 울려 퍼지는 순간, 누군가 내 방문을 조용히 두드리더군. 문을 열자 현관에 몸을 비스듬히 기대고 고개를 숙인 왜소한 남자 하나가 서 있었어.

"지킬 박사의 부탁을 받고 왔소?" 내가 물었지. 그자는 굉장히 어색한 몸짓으로 그렇다고 대답했어. 안으로 들어오라고 하자, 그자는 내 말을 듣지도 않고 뭔가 찾는 사람처럼 어둠이 깔린 광장을 보더군. 집 근처에 경관 하나가 서 있었는데, 그 모습을 보자 화들짝 놀라 집 안으로 서둘러 들어왔어.

그자의 행동 하나하나가 마음에 들지 않았어. 환하게 불을 켜놓은 진료실 안으로 안내하는 내내 주머니에 든 권총을 손에 쥐고 있었다네. 마침내 그자의 얼굴을 똑똑히 보았지. 분명 한 번도 본 적이 없는 자였어. 아까 얘기한 것처럼 굉장히 왜소하더군. 헌데 그자의 충격적인 표정과 눈에 보일 정도로 근육이 활발히 움직이지만 몸집은 왜소한 점이 굉장히 기묘한 조합 같아 보는 내내 당혹스러웠네. 마지막으로 느낀 점은 쳐다보는 것만으로도 굉장히 불편하고 소름이 끼쳤다는 거야. 얼마나 불편했는지 맥박 수가 줄어들고 온몸에 오한이 느껴질 정도였다네. 개인적인 혐오감 때문에 이런 불편한 증상을 느낄 정도라니, 나로서도 놀랄 일이었지. 하지만 그런 불편함은 그저 단순한 반감이라기보다 인간의 본성이면서 광대한 세상의 이치와 연관된 것이 아닐까 하는 결론에 도달했다네.

맨 처음 볼 때부터 소름이 끼치는 호기심을 불러일으켰던 그자는 누구라도 웃지 않고는 참지 못할 정도로 우스꽝스러운 옷차림을 하고 있었지. 옷 자체는 점잖고 비싸 보였지만 머리부터 발끝까지 그자의 몸에 비해 지나치게 컸다네. 바지는 땅바닥에 끌리지 않도록 다리 위까지 접어 올렸고, 상의는 엉덩이 아래까지 축 처져 있었으며, 옷깃은 어깨 아래로 축 늘어져 있었지. 참으로 이상한 일이지만 그 모습을 보면서도 웃음이 나오지는 않더군. 오히려 그 우스꽝스럽고 눈살이 찌푸려지는 모습을 보니 세상에서 가장 기이한 자를 대면하고 있다는 생각이 들었어. 사람들의 눈길을 사로잡을 정도로 꼴사납고 조화롭지 못한 꼬락서니가 그자에겐 어울렸다고 할까. 보는 이로 하여금 더욱 반감이 느껴지도록 만들더군. 그자의 본성은 어떨지 성격, 출생 신분, 지금까지의 인생, 재력, 사회 지위에 대한 관심까지 생겼다네.

여기까지 쓰다 보니 글이 길어졌네만 사실 그자를 마주한 것은 고작 몇 초에 지나지 않아. 그 낯선 방문객은 겉으로 침울하지만 사실 흥분으로 온몸이 달아오른 상태였다네.

"물건은 가지고 계신가요?" 그자가 외쳤지. "물건을 찾으셨냐고요." 어찌나 안달을 내던지 내 팔을 붙잡고 흔들며 캐묻더군.

그자의 손길이 닿자 피가 얼어붙는 것 같아 일단 손부터 걷어냈어. "잠시만 기다리시죠. 난 아직 당신이 누군지도 알지 못합니다. 일단 자리에 앉도록 해요." 나는 먼저 시범을 보이는 것처럼 자리에 앉았네. 보통 환자를 진료할 때처럼 낯선 방문객을 대하려고 애썼어. 헌데 자정이 지난 시간인데다 그자에 대한 공포 때문인지 평소처럼 자연스러운 태도를 보이기 어려웠네.

"제가 결례를 했군요, 래니언 박사님." 그자가 꽤 정중하게 말했지. "박사님 말씀이 옳습니다. 급한 마음에 예의를 지켜야 한다는 것도 잊은 모양입니다. 박사님의 오랜 동료이신 지킬 박사님이 부탁하신 일을 처리하기 위해 찾아왔습니다. 그러니까……." 그자는 말을 멈추고 손으로 목덜미를 붙잡았어. 겉으로는 침착한 척했지만 발작 증세를 보이기 직전인 것 같았네. "일단 서랍부터……."

너무 힘들어 보여 오히려 동정심이 생기고 호기심은 더욱 증폭되었어.

"저쪽에 있습니다." 나는 천으로 싼 서랍을 가리켰네. 그 서랍은 탁자 뒤에 가지런히 놓여 있었어.

그자는 용수철처럼 자리에서 일어나더니 가슴에 손을 가져다 대더군. 턱 주변이 일그러지더니 이를 가는 소리를 냈어. 그런 얼굴을 보니 이러다 이성을 잃고 잘못되는 게 아닌가 싶어 걱정이 됐네.

"진정하세요." 내가 말했지.

그자는 무시무시한 미소를 지어 보이더니 절망 끝에서 결심을 한 사람처럼 서랍을 싸 놓은 천을 풀었어. 그리고 서랍 안에 든 내용물을 보고 그제야 마음이 놓인 듯 흐느끼는 게 아닌가. 난 너무 놀라 자리에 그대로 앉아 있었네. 그자는 억지로 흥분을 가라앉히며 차분한 말투로 묻더군. "박사님, 혹시 눈금 유리관을 가지고 계신가요?"

나는 힘들게 자리에서 일어나 유리관을 가져다 주었네.

그자는 미소와 함께 고개를 끄덕여 감사 인사를 하고는 붉은 액체를 계량해 유리관에 넣고 하얀 가루 중 하나를 골라 섞었어. 잠시 후 붉은 액체와 하얀 가루가 섞이면서 색깔이 점점 옅어지더니 부글부글 소리를 내면서 거품이 일기 시작했지. 아주 잠깐이었지만 하얀 연기까지 나더군. 그와 동시에 부글거리던 거품이 사라지면서 자줏빛으로 변했다가 다시 서서히 연두색으로 바뀌었네. 그자는 유리관 내부의 변화를 날카롭게 관찰하더니 미소를 지으며 탁자 위에 그 유리관을 내려놓았어. 그리고 고개를 돌려 나를 빤히 쳐다보고 이렇게 말했네.

"이제 남은 일을 처리해야겠군요. 박사님, 어찌된 일인지 궁금하십니까? 자세히 설명해 드릴까요? 아니면 아무 말도 듣지 않고 제가 이 유리관을 들고 이 집에서 나가도록 내버려 두시겠습니까? 혹시 박사님의 궁금증을 속 시원하게 해결해 주기를 원하십니까? 어떤 결정을 하든 박사님 뜻에 따를 테니 신중히 생각하고 말씀하세요. 만약 저를 이대로 보내 주신다면 더 부유하거나 현명해지지도 않고 지금까지 살아왔던 것처럼 지내게 될 겁니다. 엄청난 고통에 시달리던 사람을 도와준 것으로 박사님의 영혼을 살찌울 수는 있겠죠. 만약 반대의 선택을 한다면, 새로운 지식을 얻고 명성과 권력을 손에 쥐는 길이 열릴 겁니다. 바로 지금, 이 진료실에서 말입니다. 박사님은 사탄조차도 놀랄 만큼 경이로운 장면을 눈앞에서 목격하실 테니까.

"이봐요." 나는 최대한 침착함을 유지하며 말했네. "도무지 알 수 없는 얘기만 늘어놓는군요. 당신이 뭐라고 하든 별로 믿음이 생기지 않소. 그렇지만 워낙 말도 안 되는 일을 하고 나니, 대체 무슨 연유인지 속 시원하게 결론을 보고 싶은 마음이 드는군요."

"그럴 줄 알았네." 그자가 대답했어. "래니언, 자네가 했던 맹세를 기억해야 할걸세. 자네가 목격하는 모든 일을 절대로 발설하면 안 돼. 지금까지 자네는 편협하고 유물론적 관점에 갇혀 살았네. 그래서 초월적인 의학의 힘을 부정하고 자네보다 뛰어난 능력을 지닌 자들을 조롱해 왔어. 똑똑히 지켜보게!"

그자는 유리관을 입으로 가져가더니 단숨에 들이켰네. 그리고 끔찍한 비명과 함께 비틀거리면서 탁자를 잡고 붉은 핏발이 선 눈으로 나를 쏘아본 채 거친 숨을 내쉬었지. 잠시 후, 그자의 몸에서 이상한 변화가 시작됐어. 온몸이 부풀어 오르더니 얼굴이 시커멓게 변하고 눈, 코, 입이 녹아내리는 것처럼 일그러지는 거야. 나는 깜짝 놀라 자리에서 벌떡 일어나 벽에 찰싹 붙어 두 팔로 그 괴물을 밀어내려 애썼네.

"오, 맙소사!" 내가 그 말을 몇 번이나 외쳤는지 몰라. 죽음에서 부활한 것처럼 하얗게 질린 얼굴로 온몸을 떨며 반쯤 정신을 잃은 듯 주변을 더듬거리던 그자는 바로 헨리 지킬 박사였다네!

그로부터 한 시간 남짓, 지킬이 내게 들려주었던 그간의 사정까지 편지에 적지는 않겠네. 나는 모든 광경을 똑똑히 목격했

고 정확히 들었어. 덕분에 내 육신이 병들고 만 거야. 만약 그날 내 눈앞에서 펼쳐진 일을 믿는지 스스로에게 물어도 자신 있게 대답하기 힘들 것 같네. 지금 내 인생은 뿌리까지 송두리째 흔들렸어. 도저히 잠을 이룰 수 없거니와 밤낮을 가리지 않고 공포에 시달리며 연명하고 있네. 앞으로 내가 살 수 있는 날은 얼마 남지 않았어. 곧 죽음을 맞겠지. 하루하루 죽음에 가까워지면서도 그날 일을 도저히 믿을 수 없네. 비록 참회의 눈물을 흘리기는 했지만 지킬이 저지른 만행을 생각하면 온몸이 부들부들 떨릴 정도야. 마지막으로 한 가지만 말하지, 어터슨. (자네가 내 말을 믿어 준다면 그것으로 충분해.) 지킬이 고백한 바에 따르면 그날 밤 내 진료실로 기어들어 온 그 괴물은 하이드라는 자였다네. 커루 경을 살해한 범인으로 지목되어 런던 시내 곳곳에 수배령이 내린 바로 그자 말일세.

헤이스티 래니언

10
지킬 박사의 진술서

18xx년, 나는 천부적인 재능을 가지고 부유한 집안에서 태어났네. 현명하고 선량한 이웃들의 존경을 받는 것을 좋아했지. 누가 보더라도 명예롭고 성공적인 미래가 보장된 사람이었어. 딱 하나 단점이라면 쉽사리 쾌락에 흔들린다는 점이었네. 그런 성격 때문에 행복하게 사는 사람도 있었지만 난 다른 사람들 앞에서 거만하게 굴거나 괜히 진중하게 보이고 싶은 오만한 욕망 때문에 마음껏 쾌락을 즐기기 힘들었지. 결국 나는 쾌락에 탐닉하는 성격을 숨기게 되었어. 그리고 중년의 나이에 접어들어 내 삶을 둘러보기 시작했다네. 지금까지 내가 일군 업

적들과 현재 사회적 위치는 어떠한지 돌아본 거지. 나는 지나칠 정도로 이중적인 삶을 살고 있었어. 보통 많은 사람들이 나와 비슷한 잘못을 저지르고도 아닌 척 살곤 하지. 반대로 나는 병적으로 그런 과오를 수치스럽게 받아들이고 애써 감추려 했네. 나는 지나치게 높이 설정한 이상에 입각해 타고난 성격 결함으로 인한 일탈 행위들을 숨기기에만 급급했어. 본래 인간에게 내재된 선과 악의 두 가지 영역 때문에 이중성이 생기는데 때로는 그 두 가지가 균형을 이루지만 반대로 걷잡을 수 없이 악화되기도 하지. 나의 경우 지나치게 높은 이상 때문에 선과 악의 이중성이 다른 사람들보다 더욱 심각했네. 결국 나는 이 엄청난 고통의 원천이자 종교에 뿌리를 둔 냉정한 인생 법칙을 진지하게 고민했어. 물론 이중인격이 심하기는 했어도 선과 악, 두 가지 면에서 모두 정직하였기에 위선자는 아니었다네. 그저 인간의 통제 범위를 벗어나 수치스러운 일에 뛰어들 때에도, 낮이 되어 지식의 발전을 위해서 또는 인간의 슬픔과 고통을 경감시키기 위해서 애를 쓸 때에도 진정한 내 모습은 없었어. 그러다 신비하고 초월적인 부분에 집중하던 나의 과학 연구가 우연히 내 머릿속에 흐르는 의식의 갈등에 주목하면서 해결의 실마리를 찾았네. 나는 매일 지성의 두 가지 얼굴인 도덕과 지식 사이에서 고민하며 진리에 가까워져 갔지. 그러다 진리의 일부를 발견하면서 끔찍한 나락에 떨어지고 말았어. 인간은 하나가 아닌 둘이라는 진리였네. 당시 나의 지식수준으로서 인간은 둘이라고밖에 달리 설명할 길이 없었어. 물론 내 의견에 동의하는 사람도 있을 테고 똑같은 논리에서 더욱 앞서는 사람도 있겠지. 감히 단언컨대 인간이란 다양하고 부조화스럽고 독립적인 개체들의 집단이라는 사실이 널리 알려질 날이 올 거야. 나로 말하면, 지금까지 살아오면서 오직 한 방향만 보고 열심히 달려온 쪽이었다네. 그러다 도덕적으로 또 개인 경험을 통해서 인간에게 원시적인 이중성이 내포해 있다는 사실을 깨달았지. 내 의식의 저변에서 투쟁하고 있는 천성적인 선한 면과 악한 면 모두가 나의 성격의 일부라고 단언하는 이유는 당연히 두 가지 모두가 나의 본성이기 때문일세. 오래전부터 나는 이 두 본성을 분리하면 어떨까 하는 기분 좋은 상상을 해 왔어. 나의 연구 성과로 그러한 기적을 일으킬 수 있다는 가능성을 보기 훨씬 전부터 그랬다네. 만약 선과 악이라는 두 본성을 각각 독립된 주체로 분리할 수만 있다면 인생을 살아가면서 겪는 이 고통을 쉽게 이겨낼 수 있을 거라고 생각했기 때문이야. 사악한 본성은 그와 대립하는 선한 본성 때문에 후회하거나 절망하지 않고 자기만의 방식대로 살아갈 수 있을 테고 반면 선한 본성은 사악한 본성이 저지른 실수에 대해 수치스러워하거나 후회할 필요 없이 스스로 선을 행하며 즐거움을 느낄 수 있지 않겠는가. 그런 식으로 두 본성이 계속 아무 걱정 없이 발전해 나갈 수 있을 것이라고 생각했다네. 인간의 의식이라는 자궁 속에서 너무 다른 선악의 쌍둥이가 한 탯줄에 묶여서 투쟁해야 한다니. 이건 인류에게 내려진 가혹한 형벌이 아닌가. 그렇다면 이 두 가지를 어떻게 분리해야 할까?

  앞서 말했던 고민들이 이쯤에 이르렀을 때, 나의 연구에서 해결의 실마리가 보였다네. 인간이 걸치고 있는 이 육신이라는 껍데기가 견고하게 보이지만, 누군가의 말처럼 안개같이 불확실하고 언제 어떻게 사라질지 모른다는 사실을 예전보다 더욱 명확하게 인식한 거야. 마침내 거센 바람이 커튼을 걷어내듯 인간이 덮어쓴 두꺼운 살집을 벗길 수 있는 특정한 물질을 발견했지. 하지만 이러한 연구 과정에 대해 정확히 밝힐 수 없는 두 가지 이유가 있다네. 첫째, 인간은 자신의 운명과 그 무거운 책임을 영원히 어깨에 지고 살 수밖에 없는 존재이기 때문에 이를 회피하려다 보면 전보다 더욱 커다란 짐을 지게 된다는 것을 알았기 때문이야. 둘째, 이제부터 내가 들려주는 이야기를 듣고 나면 알겠지만 나의 연구는 불완전하기 짝이 없다네! 그러한 이유로 다음과 같은 설명으로 대신해도 충분하다고 생각하네. 인간의 영혼은 특정한 힘으로 구성되어 있고, 그중에서 육신은 특정한 힘이 내뿜는 기운에 불과해. 나는 특정한 약제를 만들어 그 힘들을 육신 밖으로 끌어내 제2의 새로운 육신 안에 넣을 방법을 발견했어. 이때 제2의 육신은 내 영혼 속에 자리 잡고 있던 저급한 요소를 그대로 반영하고 있어 자연스럽게 받아들일 수 있었지.

새로 발견한 이론을 실행에 옮기기 전까지 오랜 시간 동안 고민에 고민을 거듭하며 주저했다네. 실험을 하는 과정에서 목숨을 잃을 수 있었어. 내가 만든 특정한 약제는 단단한 요새와 같은 인간의 정체성을 완전히 뒤흔들 만큼 강력한 것이었거든. 만약 조금이라도 정해진 양을 넘겨 복용하거나 제대로 양을 맞추지 못할 경우, 변화시키려 했던 하찮은 육신의 껍데기가 사라질 우려도 있었지. 하지만 그를 통해 얻을 성과를 생각하면 도저히 유혹을 떨치기 힘들더군. 결국 나는 죽을 수 있다는 걱정을 접어 두고 실험에 돌입하기로 결심했어. 일단 결심이 서자, 나는 어느 약 도매상으로부터 약제를 만드는 데 필요한 마지막 재료인 특정 소금을 대량으로 구입했다네. 그리고 어느 저주받은 저녁, 그 소금을 팅크제와 섞었지. 드디어 유리관에 있던 혼합액이 부글부글 끓으면서 하얀 연기가 솟아올랐네. 잠시 후, 유리관 속이 잠잠해지자 나는 엄청난 용기를 내서 혼합액을 한입에 털어 넣었어.

곧이어 엄청난 고통이 지나간 후, 성공을 했지. 뼈마디가 찢기는 고통, 지독한 메스꺼움, 생사를 오갈 때보다 더욱 끔찍한 공포가 이어졌다네. 고통은 빠르게 잦아들고 나는 지독한 병에 걸렸다가 회복한 사람처럼 의식을 되찾았어. 그 과정에서 말로 표현할 수 없을 정도로 새롭고 기묘한 기분을 느꼈다네. 도저히 믿기지 않을 정도로 짜릿한 느낌이랄까. 예전보다 젊고 가볍고 행복한 기분이었지. 의식 속에서 무모함이 고개를 쳐들고 상상 속에만 있던 무질서한 감각이 물줄기처럼 흐르며 나를 속박하던 의무감이 사라지는 느낌이었어. 딱 꼬집어 말할 수 없지만 순수하지 않은 영혼이 자유를 얻은 것이었네. 새로운 삶

을 얻고 첫 숨을 들이쉴 때부터 나는 예전보다 열 배는 더 사악한 악의 노예가 되었음을 깨달았어. 그런 생각을 하는 순간, 독한 와인처럼 짜릿한 기쁨이 전해 왔지. 내 몸이 예전과 사뭇 달라졌음을 느꼈다네.

당시에는 내 방에 거울이 없었어. 지금 이 글을 쓰는 자리 옆에 놓인 거울은 몸의 변화를 지켜보기 위해 나중에 가져다 놓은 거야. 그날 밤 실험이 끝나고 나서 이미 새벽 동틀 무렵이 가까워 왔지. 아직 주변이 어둡긴 했지만 얼마 후면 날이 밝을 시간이었어. 집안 식솔들은 모두 깊은 잠에 빠져 있었다네. 나는 새로운 희망과 승리감으로 한껏 들떠 새롭게 태어난 모습으로 침실까지 걸어가는 모험을 시도했어. 별빛이 비추는 뒤뜰로 걸어가면서 하늘에 떠 있는 별들조차 이런 모습을 한 인간은 처음 보지 않을까 생각했다네. 나는 낯선 이방인의 모습으로 조용히 복도를 따라 방으로 걸어갔지. 침실에 들어가고 나서야 처음으로 에드워드 하이드의 얼굴을 똑똑히 보았어.

이제부터는 내가 아는 것을 이야기하기보다 이론에 입각하여 논리적으로 이야기를 풀어 보려고 하네. 특별히 조제한 약을 먹고 변신해서 얻은 악한 본성은 약으로 제거된 선한 본성에 비해 발달하거나 강인하지도 못했다네. 지금까지 살아오면서 열에 아홉 번은 미덕을 행하며 악한 본성을 누르고 절제하려고 했던 탓에 제대로 성장하지 못했기 때문이지. 그래서인지 에드워드 하이드는 헨리 지킬에 비해 몸집도 작고 나약하고 젊은 편이었어. 헨리 지킬의 외향에 선한 면이 드러났다면 에드워드 하이드의 외향에서는 사악함이 보였지. 게다가 내가 여전히 악한 본성을 인간의 치명적인 약점이라 생각한 탓인지, 하이드의 몸에는 쇠퇴와 기형적인 면까지 있었다네. 그럼에도 거울 속에 비친 하이드의 추악한 모습을 보면 소름이 끼친다기보다 오히려 반가웠어. 아무리 사악한 모습이라도 이 역시 나 자신의 자연스럽고 인간적인 모습이었기 때문일세. 지금까지 나의 모습이라고 믿고 살았던 불완전하고 분열된 선한 모습보다 지금의 악한 모습이 훨씬 더 나의 영혼을 그대로 담아낸다는 생각이 들었어. 여기까지는 나의 생각이 적중했지. 하이드의 모습을 하고 다닐 때에는 누구도 눈에 띄게 불안해하며 내곁에 가까이 오려고 하지 않았어. 나는 모든 인간이 선한 면과 악한 면을 가지고 있지만, 그중에서도 에드워드 하이드가 순수하게 악한 면만을 가지고 있기 때문에 다들 그런 반응을 보

인다고 판단했네.

그리고 나는 거울 앞에서 잠시 동안 서성였네. 이제 두 번째 실험을 시작할 시간이었지. 현재 내가 잃어 버린 정체성을 회복할 수 있는지, 아니면 이제 나의 거처가 아닌 곳에서 날이 밝기 전에 도망쳐야 하는지 결정해야 했으니까. 나는 서둘러 실험실 2층에 있는 방으로 돌아가 다시 약을 만들어 단숨에 들이켰지. 또다시 온몸이 찢기는 고통이 시작되고 잠시 후 헨리 지킬의 모습과 성품, 체격으로 돌아왔네.

그날 밤, 나는 두 가지 갈림길에 놓였어. 처음부터 고상한 목표를 가지고 시작했다면, 자비롭고 경건한 바람을 가지고 실험에 임했다면 이 모든 일이 완전히 다른 방향으로 흘러갔을 텐데. 그렇게 생과 사를 오가는 고통 속에서 사악한 모습이 아닌 선한 모습으로 다시 태어났을지도 모르지. 하지만 내가 만든 약은 선과 악을 제대로 구분할 수 있는 능력이 없고, 그 자체만으로 선악을 판단하기 힘들었다네. 그저 그 약은 나의 사악함을 가두고 있던 감옥의 문을 뒤흔들었고, 빌립보의 포로처럼 나의 사악한 본성은 탈출을 감행하고 만걸세. 그 당시 나의 선한 본성은 곤히 잠들어 있고 거대한 야망을 품은 사악한 본성만이 눈을 떠 재빨리 기회를 잡았지. 그 사악한 본성이 만든 존재가 바로 에드워드 하이드였다네. 이렇게 두 가지 얼굴과 두 개의 본성을 가졌지만 하이드는 온전한 악이고 지킬은 선과 악이 공존하는 불완전한 존재였어. 난 이미 본성을 완전히 바꾼다는 것이 불가능하다는 것을 깨닫고 완전한 악을 향해서 전진하게 되었지.

당시에도 나는 무미건조한 연구에 염증을 느끼고 기회가 생길 때마다 쾌락에 심취하려 했다네. 내가 즐기는 쾌락이란 누가 봐도 품위가 떨어지는 것이었어. 나는 명망 높고 세상에 알려진 유명 인사였는데 점점 나이가 들어가고 보니 이러한 상반된 삶은 더욱 문제가 되었지. 그 때문일까. 새로이 얻은 사악한 힘은 나를 완전한 노예로 만들기 위해 끝없이 유혹의 손길을 뻗었어. 약 한 모금이면 모자를 벗어 던지듯 저명한 교수의 육신을 벗고 에드워드 하이드라는 단단한 외투를 걸친 거야. 당시에는 그런 생각만으로 피식피식 웃음이 새어 나왔지. 나는 치밀한 계산 끝에 소호 거리에 있는 집 한 채를 사고 가구까지 들였다네. 언젠가 경찰이 찾아갔던 바로 그 집을 말일세. 그리고 집을 관리하기 위해 말수가 적고 도덕과는 담을 쌓은 사람을 고용했지. 또한 집안 식솔들에게 '하이드'의 존재와 함께 그가 언제든 마음대로 드나들 수 있는 특권을 가진 사람이라 말해 주었어. 혹여 문제가 생길 것에 대비해 하이드의 모습으로 변신해 광장에 있는 집으로 찾아가 하인들이 얼굴을 익히도록 했지. 그리고 어터슨, 자네가 끝내 반대했던 유언장을 작성했다네. 그렇게 해 두면 혹여 지킬 박사에게 문제가 생기더라도 금전적인 손실을 겪지 않고 에드워드 하이드로 변신할 수 있기 때문일세. 그렇게 준비를 갖추고, 자유자재로 변신하는 특권을 이용해 갖가지 혜택을 누렸다네.

  과거 우리 조상들은 몰래 사람을 고용해 범죄를 저지르는 식으로 자신의 명성을 지켜왔지. 나는 인류 최초로 재미를 위해 그 방법을 쓰는 악한이 되었다네. 다른 사람들 앞에서는 느긋하게 걸으며 온화하고 존경받게 행동하다가, 한순간 개구쟁이 소년처럼 자유의 바다로 뛰어드는 최초의 인간이 된 거야. 하지만 무적의 외투를 입고 있어서 위험할 것이 하나도 없었다네. 생각해 보면 하이드는 세상에 존재하지 않는 사람이지 않은가! 악행을 저지르고 실험실이 있는 집으로 도망쳐 약을 제조하고 들이킬 짧은 시간만 있다면, 에드워드 하이드라는 존재는 거울에 어린 김처럼 순식간에 증발해 버리니까. 그리고 그곳에는 어두운 밤. 모든 혐의를 피할 수 있는 지킬 박사가 조용히 책상에 앉아 등불 심지를 다듬고 있겠지.

앞서 말했던 것처럼 에드워드 하이드로 변신해서 추구했던 쾌락은 한참 품위 없는 것이었어. 나는 이보다 더 거칠게 표현할 수는 없네. 하지만 에드워드 하이드의 껍데기를 쓰고 있으면 바로 괴물처럼 행동하더군. 그리고 다시 헨리 지킬의 몸으로 돌아가면 하이드가 저지른 악행에 소스라치게 놀라곤 했지. 내 영혼 깊은 곳에서 불러들인 사악한 에드워드 하이드는 태생적으로 악하고 해로운 존재였네. 생각 하나하나, 행동거지 하나하나까지 모두 이기적이었으니까. 그는 짐승처럼 탐욕스럽게 타인한테 무자비하게 고통을 주는 것으로 쾌락을 느꼈네. 가끔 헨리 지킬도 에드워드 하이드가 저지르는 악행에 겁을 낼 정도였지만, 변신 후의 악행을 법으로 심판하기 힘들었기 때문에 어느 순간 양심의 끈마저 놓아 버렸어. 결국 악행을 저지르는 것은 에드워드 하이드 혼자였고 지킬로서는 크게 손해 볼 것이 없었기 때문이지. 그저 다시 약을 먹고 지킬로 돌아와 선량한 교수로 행동하면 될 일이었네. 지킬은 하이드가 저지른

악행을 되돌리기 위해 바삐 움직이기도 했지. 그렇게 헨리 지킬의 양심은 잠들어 버린 것일세.

지금도 도저히 내가 저지른 일이라고 인정할 수 없는 수많은 과오를 어떻게 모른 척했는지 자세히 적지 않겠네. 대신 수많은 악행을 징벌할 시간이 다가왔다는 것, 그리고 그런 징벌을 받은 경위를 설명하지. 언젠가 한번은 우연히 사고에 휘말렸다네. 결론적으로 큰일은 아니었으므로 그것부터 간단히 설명하지. 나는 어떤 소녀에게 잔인한 짓을 저지르고 그로 인해 지나가던 행인의 질책을 받았어. 그 행인이 어터슨, 자네의 친척이라는 사실을 나중에야 알았네. 아무튼 사고 현장에서 행인과 의사, 그리고 소녀의 가족이 힘을 합쳐 덤빌 때에는 생명의 위협까지 느꼈어. 머리끝까지 화가 난 사람들을 달래기 위해 에드워드 하이드는 그들을 소호의 집으로 데려가 고액의 수표를 주어야 했지. 현금을 지급하는 과정에서 자칫 위험할 수도 있었지만, 에드워드 하이드의 이름으로 다른 은행에 계좌를 만들어 둔 덕분에 쉽게 넘어갔어. 서명을 할 때 펜을 왼쪽으로 기울여 쓰는 것으로 운명의 힘을 피했다고 생각하고 있다네.

댄버스 경을 살해하기 두 달여 전, 나는 평소처럼 짜릿한 모험을 마치고 늦게 잠이 들어 다음 날에야 눈을 떴지. 그런데 너무 이상한 기분이 드는 거야. 넓은 방과 마호가니로 만든 훌륭한 가구들과 침대 커튼의 무늬를 보면서 이상한 기분이 들더군. 마음속에서 이곳은 내가 있을 곳이 아니라고, 여기서 눈을 떠서는 안 된다는 외침이 들렸지. 에드워드 하이드가 잠들고 눈뜨는 소호의 작은 방으로 가야 한다고 말일세. 나는 여유롭게 미소를 지으며 나의 심리 기법을 이용해 마음의 소리를 분석했어. 그렇게 다시 얕은 잠에 빠져들고, 이런저런 생각을 하며 자다 깨다를 반복했지. 그러다 갑자기 잠에서 확 깨면서 내 손을 내려다 보았네. 어터슨, 자네가 말한 것처럼 헨리 지킬의 손은 전문의답게 크고 단단하고 하얗고 고운 편이었어. 하지만 그날 오전 런던의 밝은 태양빛 아래서 본 손은 핏줄이 불거지고 검고 야위고 마디가 굵은 털북숭이 손이었네. 바로 에드워드 하이드의 손이었던 거야.

나는 너무 놀라 머릿속이 멍해진 채로 삼십 초가량을 손만 바라보았다네. 갑자기 거대한 심벌즈가 쨍하고 소리를 내는 것 같았다고 할까. 나는 공포에 질린 채로 침대에서 벌떡 일어나 거울로 달려갔어. 거울 속에 비친 모습을 보자 온몸에 피가 차

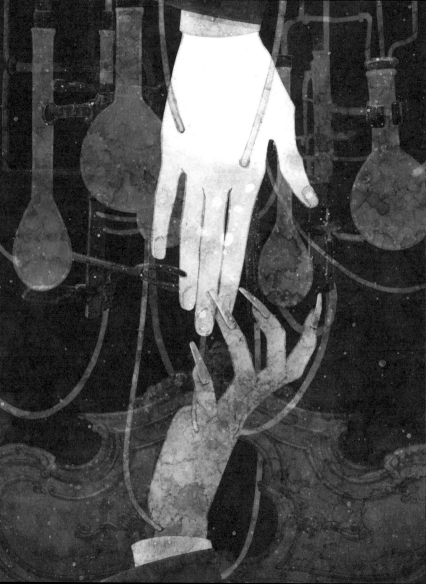

갑게 변하면서 꽁꽁 얼어붙는 것 같았지. 그래, 나는 헨리 지킬의 몸으로 잠이 들었다가 에드워드 하이드의 모습으로 눈을 뜬 것일세. 이 일을 어떻게 설명해야 할까? 나는 스스로에게 물었어. 그리고 당장 이 일을 어떻게 수습해야 하나 싶은 생각에 공포가 밀려왔지. 이미 아침 해가 떴으니 집안의 식솔들이 전부 잠에서 깨어 있을 텐데 조제약을 만들려면 실험실에 있는 방까지 가야만 했으니까. 계단을 두 개나 내려가 뒤뜰을 통과해 예전 해부실로 쓰던 실험실까지 가려면 한참이 걸릴 텐데. 나는 당시 공포에 떨면서 방에 서 있었어. 얼굴이야 가리면 될 일이지만 몸집이 작아진 것을 어떻게 설명할까? 순간 집안 식솔들도 예전부터 제2의 자아인 하이드를 본 적이 있어 그리 낯설지만은 않겠다 싶은 생각이 들더군. 덕분에 마음이 한결 편하고 느긋해지기까지 했어. 나는 최대한 몸에 맞는 옷을 골라 잘 차려입고 방을 나섰다네. 브래드쇼는 하이드가 기이한 옷차림을 하고 아침부터 집 안을 돌아다니는 것을 보고 꽤나 놀란 눈치였어. 그로부터 십 분 뒤, 나는 실험실로 가 약을 조제해서 마시고 다시 본래 모습으로 돌아와 한껏 눈썹을 내리깔고 초조하게 아침 식사를 마쳤다네.

사정이 그렇다 보니 도저히 식욕이 생기질 않더군. 이전에 경험하지 못했던 일이 터지고 나니, 그제야 바빌로니아의 벽에 나타나 위험을 경고했다는 손가락처럼 드디어 심판의 날이 다가온다는 것을 깨달았네. 나는 나 자신의 이중적인 모습과 문제의 가능성에 대해 훨씬 더 진지하게 고민했어. 변신 약을 먹고 새롭게 만들어진 악한 하이드는 이전보다 더욱 활동적이고 몸집도 커졌지. 하이드의 모습으로 변했을 때에 뜨거운 피가 흐르는 것을 느낄 정도였으니까. 만약 하이드의 모습으로 지내는 시간이 길어지면 내가 가진 두 가지 본성 중 선한 면이 완전히 사라지고, 나의 의지로 자유롭게 변하는 힘까지 빼앗길 위험이 있겠다 싶었어. 그러다가 에드워드 하이드의 모습으로 계속 살아가야만 하는 일이 생기겠지. 그제야 내가 하는 일이 얼마나 위험한 것인지 깨달았네. 약을 먹을 때마다 효과가 조금씩 달라지기도 했어. 초기에는 약을 먹었는데 아무 효과가 나타나지 않았지. 그 이후로 약을 두 배씩 마시는 일이 잦아졌고 한번은 목숨을 내놓는 심경으로 세 배 가까운 약을 들이키기도 했네. 그때만 해도 가끔씩 나타나는 이런 변수로 기분이 안 좋은 정도였네만, 그날 아침 벌어진 사건 때문에 진짜 문제를 깨달은 거야. 실험 초반에는 헨리 지킬의 모습을 버리는 것이 힘들었다면 이제는 지킬의 모습을 지키는 것이 힘든 상황이 된 거지. 결국 나는 기존의 선한 자아를 잃고 사악하기 이를 데 없는 제2의 모습으로 향하고 있었던걸세.

드디어 나는 두 가지 모습 중에서 하나를 선택해야 했어. 나의 두 본성은 똑같은 기억을 가지고 있지만, 다른 부분에서는 확연한 차이를 보였다네. 선한 면과 악한 면을 모두 가지고 있는 지킬은 극도로 불안에 떨면서도 탐욕스러운 태도로 하이드와 함께 모험을 계획하고 즐거움을 나누었어. 반면 하이드는 지킬로부터 벗어나면 이전 모습에는 관심조차 보이지 않았네. 그저 적에게 쫓기던 자신이 숨을 수 있는 동굴로 기억했지. 지킬이 근심이 가득한 아버지라면 하이드는 무심한 장난꾸러기 아들이었어. 지킬을 선택한다는 것은 그동안 은밀하게 누려 오다 최근 들어 마음껏 즐긴 쾌락을 전부 포기한다는 뜻이었고, 하이드를 선택한다는 것은 수천 가지 관심사와 열정을 포기하고 영원히 사람들로부터 경멸을 받으면서 외롭게 살아가야 한다는 뜻이었네. 어찌 보면 불공평한 생각이 들지만 다른 측면을 고려해 보면 답은 한 가지였지. 지킬은 금욕의 불길 속에서 고통을 받겠지만 하이드는 자신이 무엇을 잃었는지 기억도 못하고 살아갈 테니까. 기이한 선택의 기로에 놓였지만 이런 논쟁은 인류의 역사만큼 오래되고 보편적인 것이었네. 오래전부터 유혹을 이기지 못하고 죄를 지은 인간에게 부드러운 조언과 호된 채찍이 동시에 주어지지 않나. 이제 돌이킬 수 없는 상황에 처한 거야. 결국 나는 누구나 그러하듯 악한 본성을 버리고 선한 본성을 선택했지. 하지만 그런 본성을 유지할 힘이 현저히 부족하다는 사실을 깨달았네.

그래, 나는 수많은 친구들 틈에서 정직한 희망을 소중하게 여기며 살아가지만 늙고 만족할 줄 모르는 지킬 박사의 길을 선택했다네. 그리고 하이드일 때 누렸던 자유와 젊음, 가벼운 발걸음, 힘차게 뛰는 맥박, 그리고 은밀한 쾌락에 단호하게 작별을 고했어. 하지만 이런 결정을 내리는 순간에도 무의식 속에서 망설였던 것 같아. 나는 소호의 집을 팔지도, 에드워드 하이드가 입던 옷을 처분하지도 않고 실험실 방에 그대로 보관해 두었으니까. 그 후로 두 달 동안, 나는 굳은 결심을 하고 예전보다 더욱 엄격한 삶을 살며 그 속에서 즐거움을 느끼려고 애썼네. 하지만 시간이 흐르면서 양심에 따라 살며 느끼는 칭찬도 당연하게 느껴지고 걱정도 차츰 사라졌지. 그러자 하이드가 자유를 찾기 위해 고군분투하면서 나 역시 쾌락에 대한 갈망과 고뇌에 시달리기 시작했어. 결국 나의 도덕적인 면이 느슨해지는 시간이 온걸세. 결국 나는 한번 더 조제한 변신 약을 마셨다네.

술고래들은 온갖 핑계로 자기 흉을 덮으려고 들지 않나. 술을 마시면 이성을 잃고 나쁜 술버릇을 보인다는 것도 오백 번에 한번 인정할까 말까니까. 나 역시 그랬다네. 만약 약을 먹고 변신하더라도 도덕적으로 무감해지거나 악행을 저지르는 일은 절대 없을 거라고 자부했으니까. 하지만 에드워드 하이드는 쾌락을 위해서라면 이성 따위 그냥 무시하고 마는 악한이었어. 그런 욕구 때문에 나는 엄청난 형벌을 받은걸세. 오랜 시간 갇혀 있었던 나의 사악한 본성은 잠시 탈출할 기회가 주어지자 맹렬한 기세로 튀어나왔네. 약을 마시는 순간에도 빠르게 사악한 모습으로 변하고 있다는 사실을 인식했으니까. 바로 그 본성이 살인을 저지른 동기가 된 것일세. 불운한 희생양이 된 댄버스 경의 깍듯한 말투를 듣는 순간 나의 사악한 영혼은 분노에 휩싸였어. 하늘에 맹세컨대 도덕적으로 문제가 없는 인간이라면 그런 사소한 말투에 자극을 받아 살인을 저지르지 않을걸세. 육체적으로 온전치 않은 아기가 아무 이유 없이 장난감을 부수는 것처럼 나 역시도 별다른 이유 없이 댄버스 경을 살해하고 말았지. 심지어 최고로 사악한 사람들조차 유혹을 뿌리치고 삶의 균형을 잡으려는 본능이 있기 마련인데, 나는 그마저도 스스로 벗어던진 셈이었네. 결국 나는 어떤 유혹의 손길이 오면 순순히 넘어갈 수밖에 없는 상태였지.

잠에서 깬 나의 사악한 영혼은 곧바로 활활 타오르기 시작했네. 나는 주체하지 못할 환희를 느끼며 저항할 힘조차 없는 댄버스 경을 두들겨 팼고, 한 대씩 때릴 때마다 짜릿한 쾌락을 맛보며 지칠 때까지 지팡이를 휘둘렀어. 그리고 쾌감의 절정에 있던 내 마음에 순간 공포로 인한 차가운 전율이 느껴지더군. 마치 뿌연 안개가 걷힌 것처럼 말일세. 이제 내 인생은 끝났구나 싶었어. 나는 그렇게 야만적인 사건 현장에서 도망치면서도 온몸이 짜릿한 쾌감을 느꼈네. 순간적인 자극으로 나의 사악한 열망이 최고로 충족되었던 거야. 동시에 어떻게든 살아남아야겠다는 열망도 극도에 달했지. 결국 나는 하이드가 범인이라는 사실을 확실히 하기 위해 소호의 집으로 몸을 피해 그의 서류 뭉치를 불태웠네. 그리고 가로등이 켜진 런던 거리를 따라 걷기 시작했어. 그 황홀한 가로등 불빛을 보면서 나는 방금 전에 저지른 악행에 대해 만족하고, 극도의 혼란 속에서 앞으로 어떤 범죄를 저지를까 머릿속으로 구상했다네. 그러면서도 혹시 복수를 하려고 쫓아오는 사람이 없나 싶어서 주변의 발걸음 소리에 귀를 기울이며 재빨리 도망쳤지. 하이드는 콧노래를 흥얼거리며 약을 만들기 위해 재료를 혼합하고, 약을 마시는 순간에도 고인을 위해 건배를 했다네. 온몸이 갈기갈기 찢기는 변신 과정이 끝나고 마침내 헨리 지킬로 돌아온 나는 감사와 후회의 눈물을 흘리며 무릎을 꿇고 하나님께 기도를 드렸어. 마침내 나는 온몸에 뒤집어썼던 방종함의 껍데기를 벗고 나의 인생을 되돌아보았네. 아버지의 손을 잡고 아장아장 걷던 어린 시절과 거듭된 실패를 이겨내고 치열하게 살아온 전문의로서의 삶을 거쳐 지독한 공포로 가득했던 그날 저녁까지 말이야. 그렇게 과거를 계속 곱씹다 보니 미친 듯이 고함이라도 지르고 싶은 심정이었어. 기억 속에서 저만치 흉측한 이미지를 밀어내고 끔찍한 소리를 지우기 위해 나는 눈물을 흘리며 기도를 했네. 그런 와중에도 여전히 나의 사

악한 본성은 내 영혼 속을 빤히 응시했어. 파도처럼 밀려오던 후회의 순간이 잦아들면서 점차 환희가 느껴지더군. 이걸로 내가 저지른 악행이 해결된 것만 같았네. 앞으로 하이드라는 존재는 세상에 나올 수 없을 테니까. 내가 원하건 원치 않건 이제는 선한 본성으로 이 세상에 존재할 수밖에 없었어. 아, 그런 생각을 하면서 얼마나 기뻤는지 모른다네! 겸허히 삶의 온갖 제약들을 지키며 살아가노라 결심했지! 이제는 정말 금욕적인 삶을 살아야 한다는 굳은 결심으로 실험실 문을 잠그고 열쇠까지 꺾어서 버렸다네!

다음 날, 댄버스 경의 살해 장면을 목격한 사람이 나온 덕분에 사건이 온 세상에 명백히 알려졌지. 명망 높은 사람이 살해당했다는 소식이 널리 퍼진 거야. 그건 끔찍한 범죄일 뿐만 아니라 비극적인 만행이기도 했으니까. 나는 그 소식을 듣고 교수대에 끌려가면 어쩌나 하는 공포심 때문에 선한 본성이 더욱 오래 지속될 거라 생각해 오히려 기뻤다네. 지킬은 나의 도피처였지. 만약 하이드가 잠깐이라도 나타난다면 세상 사람들이 모두 달려들어 그를 처단하고 말 테니까.

나는 과거에 저지른 악행을 속죄하기 위해 더욱 선하게 살기를 결심했어. 값진 결실도 맺었노라 자부할 수 있네. 자네도 알다시피 작년 겨울 동안 내가 얼마나 고통을 덜기 위해 노력했는가! 그렇게 타인을 도우며 많은 선행을 하고 조용히 몇 달을 보냈다네. 자네도 잘 알걸세. 그렇다고 자선을 베풀면서 피곤하거나 지쳤던 것도 아니야. 그런 삶을 매우 즐겼지. 하지만 여전히 나에게 남아 있는 이중성 때문에 저주를 받고 있었네. 참회하려는 결심이 점점 무뎌지면서 오랜 시간 억눌려 있던 악한 본성이 다시 자유를 되찾고 쾌락을 만끽하고 싶어 안달을 내기 시작했던 것일세. 꿈에서라도 하이드를 다시 소환할까 생각이 들면 깜짝 놀라 공포에 떨곤 했어. 하지만 태생적으로 이중성을 타고난 탓인지 또다시 양심을 저버리는 과오를 저지르고야 말았네. 은밀한 죄를 저지른 사람들이 그러하듯 나 역시 치열한 유혹에 다시 넘어가고 만 것일세.

모든 일에는 끝이 있기 마련이라네. 아무리 큰 그릇이라도 언젠가는 가득 차고 마는 법. 나의 사악한 본성에 잠시 친절을 베푼 것이 결국 내 영혼의 균형을 완전히 파괴하고 말았어. 하지만 나는 이것이 오히려 자연스럽다는 생각이 들어 크게 걱정하지 않았다네. 그저 약을 발견하기 이전의 내 모습으로 돌아간

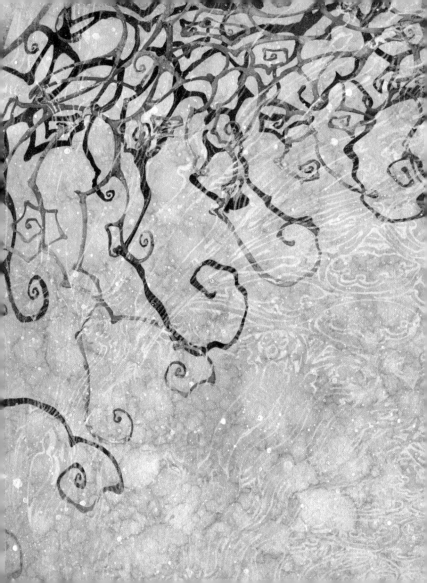

것 같았거든. 그러던 화창한 1월의 어느 날, 서리가 녹아내린 곳은 진창길로 변했지만 구름 한 점 없이 맑은 날이었네. 나는 새들이 지저귀고 봄 냄새가 가득한 리젠트 공원의 벤치에 앉아 따스한 햇살을 즐기고 있었어. 내 마음속의 괴물은 과거 기억을 핥아대고 있었지. 이러다가 다시 후회할 일이 생길 수 있다는 것을 알면서도 나의 선한 본성은 곤히 잠들어 있었어. 마침내 나도 다른 사람들과 다를 게 하나 없다는 사실을 깨달았네. 그러고는 게으르고 무관심한 사람들과 능동적으로 선행을 해온 나를 비교하면서 으쓱해했지. 순간 메스꺼움과 오한이 느껴지면서 이상한 기분이 들더군. 그리고 어느 사이 정신이 혼미해졌어. 얼마 후, 나는 다시 정신을 차리고 내 마음이 완전히 달라졌다는 것을 깨달았어. 전보다 더 겁이 없고, 위험을 무릅쓰려고 하고, 의무감이나 속박 같은 것도 개의치 않았지. 가만히 내 모습을 내려다 보니, 어느새 몸집이 작아지고 커다란 옷을 걸치고 있지 않은가. 무릎 부근에 올려진 손에는 핏줄이 튀어나오고 온통 털이 북슬북슬했어. 그렇게 나는 다시 에드워드 하이드로 변신한 거야. 방금 전만 해도 모든 이들의 존경을 한 몸에 받는 부유하고 유명한 지킬 박사였는데, 집에서 나를 위한 식탁을 준비해 놓고 있을 텐데, 이제는 공공의 적이자 몸뚱이 하나 숨길 곳 없는 살인자가 되어 교수대로 끌려갈 신세가 된 거지.

혼란스러웠지만 완전히 이성을 잃은 것은 아니었네. 지금까지 관찰한 바로 제2의 자아, 하이드로 변신할 때 나의 영혼은 더욱 날카로워지고 긴장하고 유연해졌으니까. 지킬이었다면 그대로 굴복했겠지만, 하이드는 사건의 중요성을 깨닫고 곧바로 행동을 해야 한다고 결심했지. 지킬로 변신하기 위해 필요한 약은 실험실 안에 있었어. 어떻게 그 약을 가지고 와야 할까? 당장 눈앞에 닥친 문제를 해결하기 위해 관자놀이를 꾹 눌렀네. 내 손으로 실험실 문을 잠근 상태였고, 이 꼴로 집 안에 들어갔다가 하인들이 힘을 합쳐 교수대로 끌고 갈 것이 불을 보듯 뻔한 일이었지. 어떻게든 다른 방법을 강구해야 했어. 그러다 문득 래니언이 떠올랐어. 어떻게 래니언과 연락을 취해야 할까? 어떤 식으로 설득하지? 어떻게 하면 거리에서 붙잡히지 않고 그에게 접근할 수 있을까? 난생 처음 보는 흉측한 몰골로 나타나 어떻게 그의 동료인 지킬 박사의 실험실을 뒤지게 만들 수 있을까? 순간 지킬 박사의 특성이 아직 내게 남아 있다는 사실이 떠올랐어. 하이드도 지킬 박사와 똑같은 필체로 글을 쓸 수 있었거든. 나는 계획을 세워 앞으로 어떻게 행동해야 할지 결심하고 곧바로 행동으로 옮겼다네.

나는 최대한 옷매무새를 가다듬고 지나가는 마차를 불러 세웠어. 그리고 언젠가 간 적이 있는 포틀랜드 가의 호텔로 가자고 말했지. 비극에 처한 것은 사실이지만 내가 봐도 내 꼴이 우스꽝스럽기 짝이 없었으니, 마부가 키득거리며 웃는 것도 무리가 아니었어. 나는 한 대 칠 것 같은 기세로 마부에게 화를 냈고 그제야 마부는 웃음기를 거두더군. 천만다행이었지. 나에게 더욱 다행이었어. 안 그랬으면 마부 녀석을 그대로 끌어내 숨을 끊어 놨을지도 모르니까. 아무튼 호텔에 도착한 내가 음울한 표정으로 주위를 둘러보자, 호텔 직원들이 사시나무처럼 떨더군. 서로 눈길조차 교환하지 못하고 굽실거리며 내 지시에 따른 것은 물론이고, 나를 방으로 안내한 후에 펜과 종이까지 가져다주었어. 지금껏 하이드는 한번도 생명의 위협을 느낀 적이 없었다네. 온몸을 사시나무처럼 떨면서도 당장 살인을 저지를 것처럼 누군가를 해하고 쾌락을 맛보고 싶어 안달이 나 있었지. 그럼에도 비상한 두뇌 회전은 그대로였어. 하이드는 최

대한 분노를 누르고 래니언과 집사에게 보낼 편지를 썼지. 일부러 편지가 발송되었다는 것을 확인하기 위해 인편이 아닌 우편으로 편지를 보내는 치밀함까지 보였어.

그 후로 하이드는 호텔 방에 있는 난롯가에 앉아 초조하게 손톱을 물어뜯으며 종일 기다렸네. 음식을 가지고 온 웨이터는 그를 보며 벌벌 떨고, 정작 본인은 겁에 질려 혼자 식사를 했지. 그렇게 밤이 깊어지자 그는 마차를 불러 타고, 창문을 걸어 잠그고, 런던 거리를 배회했어. 그래, '그'란 바로 하이드를 말하는 것일세. 도저히 나라고 말할 수 없기 때문이야. 지옥에서 나온 존재인 하이드에게서는 어디를 봐도 인간적인 면을 찾아볼 수 없었거든. 마차를 몰던 마부가 미심쩍은 태도를 보이자 그는 위험하지만 마차에서 내려서 걸어가기로 했지. 제대로 맞지도 않은 옷을 입어 행인들의 시선을 한 몸에 받을 것을 알고도 어두운 거리로 뛰어들었네. 마음속에 공포와 분노가 폭풍처럼 몰아치고 있었지만 최대한 빠르게 걸었어. 혼잣말을 중얼거리며 가능한 한 행인이 없는 곳으로 조심스레 몸을 움직였지. 그렇게 자정이 될 때까지 시계를 보며 시간을 보냈다네. 한번은 행상을 하는 여자가 성냥을 팔러 다가왔고 하이드는 거침없이 주먹을 날렸어. 물론 그 여자는 도망쳤지.

래니언의 진료실에서 다시 지킬의 모습을 되찾을 때만 해도 그 친구에 대한 미안함이 남아 있었다네. 모르긴 해도 당시 그 친구가 느꼈던 공포는 지금까지 내가 저지른 악행을 반추하면서 느낀 것에 비하면 새 발의 피 정도일 거야. 그때부터 나는 완전히 변했다네. 교수대에 오르는 것조차 무섭지 않았어. 내가 가장 두려웠던 것은 다시 하이드로 변할지도 모른다는 사실이었네. 래니언의 비난 섞인 목소리는 그저 꿈속에서 들리는 아련한 소리에 불과했지. 침대로 돌아와서 누울 때까지도 나는 꿈을 꾸고 있는 기분이었어. 종일 긴장하고 있어서인지, 끔찍한 악몽에 시달리면서도 깨지 않고 깊은 잠에 빠져들었다네. 다음 날 아침, 온몸에 기운이 빠진 것 같았지만 기분은 훨씬 나아졌지. 하지만 내 속에 아직도 괴물이 살아 있다는 사실 때문에 두려움을 떨칠 수 없었어. 바로 어젯밤만 해도 극도로 위험한 상황에 처했었다는 사실을 잊을 수 없었지. 하지만 나는 다시 집에 돌아왔고, 손만 뻗으면 닿을 곳에 변신 약을 준비해 둔 상태였어. 언제든 약을 먹으면 된다는 점이 밝은 희망의 빛으로 느껴지며 감사할 따름이었네.

아침 식사를 마치고 한결 편한 마음으로 안뜰로 나서 시원한 공기를 마시며 즐거움을 만끽했지. 그런데 순간, 온몸이 변하는 것 같은 이상한 감각을 느낀 거야. 황급히 실험실로 몸을 피하자마자, 소름끼치는 하이드로 다시 변신했다네. 그날은 평소보다 두 배나 많은 약을 마시고 나서야 지킬로 돌아올 수 있었어. 아, 그런데 여섯 시간이 지나 난롯가에 침울하게 앉아 있던 중에 또다시 고통이 시작되어 곧바로 약을 들이켰지. 요약하자면 그날부터 나는 체조 선수처럼 죽어라 몸을 움직이지 않으면 약을 마신 직후에만 지킬의 모습으로 존재할 수 있었네. 그렇게 낮과 밤을 가리지 않고 고통이 찾아오면 하이드로 변하기 직전임을 알리는 오한이 느껴졌지. 특히 잠이 들었다가 깨거나, 잠시 의자에서 얕은 잠을 청한 후에는 하이드로 변신해 있었네. 끝도 없이 찾아드는 고통과 긴장, 그리고 인간의 한계를 뛰어넘는 불면증이 시작되면서 나 자신을 저주하기 시작했지. 나란 인간은 열병에 온몸을 뜯겨 빈껍데기만 남았고, 몸과 마음 모두가 무기력해져 머릿속에는 오직 하나에 대한 공포심만 남았어. 바로 제2의 본성 하이드였네. 하지만 잠을 잘 때나 약 기운이 떨어질 때가 되면 예전처럼 변신할 때의 고통조차

거의 느끼지 않은 채, 나날이 커 가는 공포와 이유 없는 분노에 사로잡힌 영혼이 되었지. 그렇게 광기 어린 채로 날뛰는 악을 견디지 못하고 결국 나약하기 짝이 없는 신세가 되어버린 것일세. 지킬이 쇠약해지면서 하이드는 더욱 강해졌어. 이제 지킬과 하이드는 서로에 대한 비슷한 증오심을 내며 싸우게 된 거야. 지킬이 느끼는 증오심은 인간의 본능 같은 거였지. 이제 지킬은 하이드의 기형적인 외향을 똑똑히 볼 수 있었고 그 사악한 괴물이 자신과 같은 의식을 공유한다는 것을 깨달았어. 자신이 죽으면 하이드도 죽는다는 사실, 그런 괴물과 도저히 분리될 수 없다는 사실이 더욱 고통스러웠다네. 또한 지킬의 눈에 끝까지 살아남으려고 기를 쓰는 하이드가 사악하고 생명체도 아닌 것 같았지. 정말 충격이지 않은가. 깊숙한 수령의 진흙이 목소리를 내고, 고함을 치고, 형체가 없는 먼지 알갱이들이 생명을 빼앗고, 죄를 저지르면서 끝까지 버티려 한다는 사실이 말이야. 끝도 없이 찾아오는 공포심은 아내보다 그리고 내 두 눈동자보다도 하이드가 나와 가깝다는 것이었어. 지킬의 몸뚱이에 갇힌 하이드는 세상에 나오기 위해 맹렬히 애를 쓰고 있었지. 그래서 지킬이 약해질 때마다 혹은 잠이 들 때마다 그를

누르고 생명을 빼앗은 거야. 하이드가 지킬을 증오하는 이유는 다른 것이었어. 지킬이 혹여 교수대에서 처형당할지 모른다는 공포 때문에 약을 먹고 변신을 시도하면서 충동적으로 자살을 끝없이 시도했으니까. 하이드를 독립적인 존재가 아닌 지킬 안에 존재하는 종속 관계로 치부해 버린 거였어. 하지만 하이드는 지킬로 변신해야 할 필요성조차 느끼지 못했고 지킬이 회환에 빠져 있는 꼴도 보기 싫었지. 그리고 지킬이 자신의 존재를 혐오한다는 사실에 더욱 분노했네. 그래서 하이드는 유치하기 짝이 없는 장난까지 서슴지 않았네. 내가 평소 존경하는 책의 여백에 불경한 낙서를 쓰고, 편지를 불태우며, 아버님의 초상화까지 찢어발겼지. 만약 하이드가 죽는 것을 두려워하지 않았다면, 자신의 목숨을 던져서라도 나를 파멸시키려고 덤볐을 걸세. 하이드는 삶에 대한 애착이 굉장히 강한 편이었어. 나는 하이드라는 이름만 생각해도 온몸에 소름이 돋을 정도라네. 하지만 그의 삶에 대한 집착이 얼마나 강렬한지 알고 난 후로, 내가 스스로 목숨을 끊으면 그가 사라진다는 사실을 생각할 때마다 불쌍하다는 생각이 들기도 했네.

  이제 남은 시간이 별로 없으니 잡설은 이쯤에서 그만두기로 하겠네. 마지막으로 이 세상에서 나만큼 커다란 고통을 겪은 사람은 없을 것이라는 말만 전하지. 오랜 시간 이어진 고통 때문인지 어느새 나의 영혼도 무뎌진 것 같군. 그렇다고 예전보다 고통이 줄어들었다는 뜻은 아니네. 언젠가부터 나는 이 절망스러운 상황을 어느 정도 받아들였어. 헨리 지킬의 모습과 본성을 영원히 사라지게 만들었던 그 끔찍한 사건만 없었더라면, 앞으로 몇 년 동안 이렇게 벌을 받으며 살아갔겠지. 어느새, 처음 실험에 사용했던 소금이 바닥을 드러냈네. 그래서 새로 소금을 구해 조제해 둔 액체 속에 섞었지. 거품이 끓어오르고 색이 변하기는 했지만 그다음 변화가 일어나지 않더군. 나는 급한 마음에 그 약을 들이켰지만 아무 효과도 없었어. 자네도 우리 집사로부터 들었겠지. 내가 똑같은 소금을 찾기 위해 런던에 있는 약재상을 쥐 잡듯이 뒤졌다는 것을 말일세. 하지만 아무 소용이 없었어. 그제야 처음에 사용했던 소금에 불순물이 섞여 있었다는 것을 깨달았네. 바로 그 불순물이 약의 변신 효능을 이끌어내는 중요한 요소였던 거야.

벌써 일주일이 흘렀군. 나는 마지막으로 남은 약을 마신 후에 자네에게 보낼 편지를 마무리하고 있네. 이변이 없는 한, 헨리 지킬의 모습으로 생각을 하고 거울 속에 비친 우울한 표정을 지켜보는 것도 이걸로 마지막이군. 서둘러 편지를 마무리해야겠어. 지금까지 편지가 파기되지 않은 것도 커다란 행운과 극도의 신중함 덕분이었으니까. 만약 자네에게 편지를 쓰는 도중에 하이드로 변신했다면 그는 당장 편지를 찢어 버렸을 거야. 이 편지를 마치고 충분한 시간이 흐른 후 하이드로 변신한다면, 극도의 이기심과 변덕스러운 기질로 괴물처럼 편지를 찢지 않고 그대로 보관할 수도 있을지 모르겠네. 하이드는 나와의 마지막이 얼마 남지 않은 것을 알고 있는지 예전만큼 기세가 등등하지 않아. 이제 삼십 분 후면 나는 다시 하이드의 몸으로 변할 것이고 영원히 그 모습으로 살아가겠지. 그 모습이 눈에 아른거리는군. 의자에 앉아 온몸을 떨면서 울고 있을 하이드의 모습. 그리고 마지막 도피처인 이곳 실험실 2층 방을 초조하게 오가면서 주변에서 들리는 소리에 귀를 기울이며 공포에 떨겠지. 하이드는 교수대에 매달려 처형을 당할까? 아니면 최후의 순간, 용기를 내서 스스로 자살을 선택할까? 그건 하늘만이 아실 거야. 앞으로 나는 상관하지 않겠네. 드디어 헨리 지킬의 죽음이 눈앞에 왔어. 앞으로 일어나는 일은 내가 아닌 에드워드 하이드가 알아서 처리할 것이라고 믿네. 이쯤에서 나는 펜을 놓고 편지를 밀봉하려 하네. 이것으로 불행히 살다 간 헨리 지킬의 인생을 마무리 짓겠네.

지은이 로버트 루이스 스티븐슨(1850~1894년)

스코틀랜드의 에든버러에서 토목 기사로 성공한 아버지의 외아들로 태어났다. 날 때부터 병약해 요양을 위하여 대륙으로 건너갔다. 그동안에 미국인 페니 오즈본과 사랑에 빠졌고, 미국으로 건너가 그녀와 결혼했다. 1883년 『보물섬』을 발표하여 유명해졌다. 『지킬 박사와 하이드』(1886)는 근대인의 분열적 성격을 다루며 작품성과 대중성을 겸비한 수작으로 꼽힌다. 말년에 사모아에서 많은 사람의 존경을 받으며 살다가 1894년 뇌출혈로 사망했다.

옮긴이 정윤희

서울여자대학교 영문과 번역학 박사 과정을 수료하고, 현재 세종대학교, 청강산업대, 서울디지털대학교, 한국사이버대학교, EBS에서 영어, 소설 번역, 영상 번역, 영문학 등을 강의하고 있다. EBS, OnStyle, MGM, 하나TV 등 공중파 및 케이블 채널과 소니, 디즈니, CJ 엔터테인먼트 등에서 개봉관 외화 번역가와 영화제 번역가로 활동했으며, 현재 번역 에이전시 엔터스코리아에서 전문 출판 번역 작가로 활동하고 있다. 주요 역서로는 『세네카의 화 다스리기』, 『비밀의 정원1, 2』, 『스노우 화이트 앤 더 헌츠맨』, 『실버라이닝 플레이북』, 『악어와 레슬링하기』 등이 있다.

그린이 규하

최초의 순정만화 잡지 『르네상스』 신인 코너로 데뷔. 단편 만화와 일러스트 위주의 작업을 해 오다 삼성출판사의 『신데렐라』를 시작으로 동화 일러스트계에 입문했다. 『아라비안 나이트』, 『눈의 여왕』, 『걸리버 여행기』, 『오페라의 유령』, 『로미오와 줄리엣』, 『호두까기 인형』 등이 있다.

지킬 박사와 하이드 아름다운고전시리즈 ㉙

지은이 | 로버트 루이스 스티븐슨   **옮긴이** | 정윤희   **그린이** | 규하
펴낸이 | 김종길   **펴낸 곳** | 인디고
편집부 | 이경숙 · 이은지 · 김보라 · 김윤아   **마케팅부** | 김상윤
디자인부 | 박윤희   **관리부** | 박지응   **홍보부** | 정미진 · 김민지
출판 등록 | 1998년 12월 30일 제2013-000314호   **주소** | (04029) 서울시 마포구 월드컵로 8길 41 (서교동483-9)
홈페이지 | indigostory.co.kr   **전화** | (02)998-7030   **팩스** | (02)998-7924
이메일 | geuldam4u@naver.com   **블로그** | http://blog.naver.com/geuldam4u
페이스북 | www.facebook.com/geuldam4u   **인스타그램** | geuldam
초판 1쇄 발행 | 2016년 7월 8일   **초판 6쇄 발행** | 2022년 4월 10일   **정가** | 11,800원
ISBN 979-11-5935-003-0 03840